VERDWENEN TIJD

Thomas Verbogt

Verdwenen tijd

Nieuw Amsterdam *Uitgevers*

Bas Verbogt (1923-2008), ter nagedachtenis

© Thomas Verbogt 2009

Alle rechten voorbehouden

Omslagontwerp Bureau Beck

Foto omslag © Paul Knight

Foto auteur © amke

NUR 301

ISBN 978 90 468 0557 2

www.nieuwamsterdam.nl/thomasverbogt

Mixed Sources
Productgroep uit goed beheerde
bossen, gecontroleerde bronnen
en gerecycled materiaal.
www.fsc.org Cert no. CU-COC-803902
© 1996 Forest Stewardship Council
FSC

Win een Boekenpakket!
www.nieuwamsterdam.nl/win

Sleep is a strange city. Even
the terror there, the embarrassments –
being naked in a supermarket, and smeared with shit –
have a healing, purgative effect.
When they lift, we are grateful
for reality, terminal though it be.

– John Updike, 'Song of Myself'

Inhoud

Love Me Do

Er zijn van die momenten van vroeger die zich anders gedragen dan herinneringen. Ze gaan niet voorbij, ze groei-
en met je op en worden met je ouder. Soms kijk je ernaar,
het kind dat je was en de man die je werd, sámen kijk je.

Het is een vroege zomeravond, september komt eraan,
een nieuw schooljaar, ik weet het nog goed. We zitten in
de tuin tussen van die lome augustusbomen, mijn ouders, mijn zusjes en ik, en vrienden van mijn ouders. We
hebben buiten gegeten aan de lange tafel. Mijn ouders
zijn aan het veranderen. Eerst koesterden ze zich dankbaar en ernstig in de opluchting van de jaren na de oorlog
en de laatste tijd zijn ze uitbundiger, alsof ze nu pas toekomen aan het leven dat ze zo zorgvuldig hebben voorbereid. Ze lachen meer, ze zijn beweeglijker, de wereld om
hen heen is groter geworden, ze wonen niet alleen in een
niet al te kleine stad in Nederland, nee, ze maken deel uit

van een wereld die haast oneindig groot is.

Uit het raam op de eerste verdieping van het huis naast het onze klinkt steeds weer *Love Me Do*, het buurmeisje naar wie ik nauwelijks durf te kijken, draait het eindeloos. Ze is drie jaar ouder dan ik, al bijna vijftien, en tegen mijn moeder heeft ze gezegd dat ze haar haar wil laten groeien tot het aan haar billen komt, en dan gaat ze trouwen, dat heeft ze zo gedroomd. Ik houd van *Love Me Do* met dat lekkere begin en die optimistische zang alsof het de gewoonste zaak van de wereld is dat alles, álles goed komt.

'Heel wild zijn ze, die Beatles,' zegt mijn moeder. Ze zegt het zeer tevreden. 'Meisjes zijn helemaal gek van ze.' Het is nog niet zo lang geleden dat ze zelf meisje was, ze hoort er nog steeds een beetje bij, bij de meisjes.

De vrienden van mijn ouders knippen met hun vingers mee op *Love Me Do*, het kordate en tegelijkertijd lichte ritme van de nieuwe tijd. Er hangt feest in de lucht. Deze zomer zal langer duren dan alle zomers die ik tot dan toe kende.

Mijn zusjes springen op als ze de heldere bel van de ijscokar horen, die bij warm weer drie keer per week tussen half acht en acht door de straat rijdt. Niemand lacht harder dan de ijscoman, zo'n lach die gulzig de hemel in klimt. Als je zijn ijs hebt gegeten blijf je daar de rest van de avond aan denken en als je in bed ligt proef je het nog. Er is meer geld in de wereld, dat is aan dit ijs te merken, alles kan alleen maar beter en nog beter worden. Bij zo'n vooruitzicht haal je diep adem, het vult je even helemaal en meteen word je een fractie ouder dan je was, wat misschien ook komt doordat je voelt dat je aan iets meedoet, wat dat dan ook is, iets wat uit elkaar spat en dan weer bij elkaar komt, een adembenemende beweging. Mijn zusjes moeten altijd veel eerder naar bed dan ik, maar tijdens de vakantie maakt het niet veel uit. Mijn moeder zegt tegen ze: 'Jullie zijn zeker lekker moe.' Meestal is het hinderlijk als volwassenen over moe zijn beginnen, maar lekker moe kan net, dat is vermoeidheid die je meestal ook zelf bereid bent te voelen.

Ik kijk door de bomen omhoog, vlekken avondhemel met hier en daar een spat oranje maar vooral veel ouder wordend blauw. Ik hoor iedereen praten, ik hoor nog steeds *Love Me Do*, maar het is alsof het ver weg is. Ik loop de tuin uit, naar de overkant van de straat, waar het huis is van de wereldberoemde pianist die nooit thuis is, en als hij wel thuis is worden er een keer of tien per dag bloemen bezorgd, en komen er voortdurend vrouwen op bezoek die op straat sigaretten roken. Nu is het stil in huis, misschien is de pianist in Canada of Australië, de verste bestemmingen die ik ken en waarheen vrienden en kennissen van mijn ouders vertrokken om er een nieuw leven te beginnen. Daar moeten ze volgens mij spijt van hebben, want het leven begint hier pas echt nieuw te worden. Ik kijk naar de stilte in het huis van de beroemde man. De stilte in het huis van iemand die muziek maakt is anders dan in het huis van bijvoorbeeld de directeur van de bank, die ernaast woont. Bij mijn ouders zal het een stilte zijn die ertussenin hangt, omdat ze zo van muziek houden.

Ik draai me om en kijk naar ons huis, naar de tuin, de bomen in de tuin, mijn zusjes, mijn ouders, hun vrienden, het leven dat ze met elkaar maken, ik zie het allemaal. Het is meer dan kijken wat ik doe, en ineens voel ik achter mijn neus tranen en ik weet ook dat ze daar blijven en niet over mijn wangen zullen vloeien, maar ze zijn er, en hoewel ik ze allerminst verwacht had op een avond als deze, weet ik wel wat ze betekenen: behalve ontroering om wat er is, om wat ik zie en terwijl ik het zie voor altijd opsla, voel ik ook woede om het moment dat dadelijk komt of morgen of volgende week wanneer dit allemaal voorbij is en het net is alsof het er nooit was en niemand zich nog kan herinneren wat het écht voorstelde. En ik weet ook dat we daar allemaal schuldig aan zijn, dat we niets vast kunnen houden, dat we zo breekbaar zijn en daar nooit iets aan gedaan hebben: we zijn schuldig omdat we álles om ons heen breekbaar hebben gemaakt.

Ik steek de straat over, ik ga terug naar de tuin, en ik besef dat ik daar loop als iemand die net doet alsof het allemaal niet zo is wat hij zojuist zo diep en ernstig dacht, alsof er niets, maar dan ook niets aan de hand is.

Véél later, als ik vier keer zo oud ben als toen, ben ik twee maanden in Italië om een reeks documentaires op te nemen, *De Stad Kunst*, met het accent op het laatste woord, en dan denk ik weer aan die avond in de zomer van 1963. In die twee maanden werk ik misschien veertien dagen, misschien iets langer, en de rest van de tijd zwerf ik door de warme schaduwen van de steden in Toscane, waar niemand me kent. Ook dwaal ik door de stilte in mezelf, terwijl ik voortdurend verwonderd en tevreden om me heen kijk. Daar besef ik dat toen, die zomeravond van 1963, een personage begon te ontstaan. En ik voel me uitstekend als dat personage, want ik ben het zelf, wie ik ook mag zijn. Ik noem het niet geluk, maar gelukkiger kan ik niet zijn, denk ik.

Vlammend marmer

'Waarschijnlijk noem je het dwangmatig,' zeg ik.
Daniëlle Timmers zucht vriendelijk. Ik weet ook wat
ze zal zeggen, ook al ben ik voor het eerst bij haar. Lennaert, Lenny, beval me haar aan, hij heeft een vriendin die
bij haar in behandeling is. 'Ze is heel licht,' had die vriendin gezegd. Wat ze daarmee bedoelde weet ik niet precies, maar het interesseert me wel, iemand die heel licht
is en me misschien kan helpen te begrijpen wat er soms
zo zwaar in me is, vooral als ik wakker word en merk dat
dromen iets hebben achtergelaten wat ik niet op kan til-
len om het weg te gooien, dromen waarin vaag een gezicht heel dicht bij het mijne komt, uit het niets. Een
groot deel van de dag heb ik het zware gevoel dat ik iets
heb nagelaten of gefaald heb of iets gedaan wat niet goed
was, verschrikkelijk verkeerd zelfs, vooral verschrikkelijk. Ik kan me dan nergens op concentreren, ben prikkel-

baar, zwaarmoedig ja, ga al rond het middaguur drinken om wazig te worden en luchtig. Er zijn perioden waarin die droom, altijd min of meer dezelfde, wegblijft, meestal als ik veel moet doen. Daarom doe ik graag véél, liefst zo veel dat ik me versnipperd voel.

Ik ga eraan wennen dat ik hier stiltes mag laten vallen. Dat zei Daniëlle vrijwel meteen toen we tegenover elkaar zaten. 'Je hoeft niet te praten om maar te praten. Ik wil dat je iets zégt.'

Ik moet er ook aan wennen dat ik hier zit. Vorige week liepen Lenny en ik 's ochtends door de stad. We bleven stilstaan voor een hoge winkel die binnenkort geopend zou worden. We verheugden ons op die winkel: betere muziek, artfilms, boeken over moderne kunst. Ook de twee etalages aan weerszijden van de ingang waren hoog. Er hingen goudkleurige gordijnen in. Toen ik een paar dagen eerder langs de winkel liep zag ik dat het de bedoeling was dat die gordijnen nauwelijks merkbaar bewogen, alsof er een zachte bries doorheen waaide.

Nu werden er dozen naar binnen gedragen. Onder de donkerblauwe rand van het dak kwam SUPERMARKET te staan, een naam met voor- en nadelen. Alleen de T moest nog worden bevestigd. Een man in korte broek en met ontbloot bovenlijf was daar op een hoge ladder mee bezig. De eigenaar, die ook beeldend kunstenaar was en iets 'met monumentale dingen' deed, wist Lenny. We keken naar de man, hoog in de lucht met de T van zijn nieuwe toekomst in zijn rechterhand.

Twee motoren kwamen de straat in rijden, niet erg hard, maar ook niet erg langzaam. Het was nog vroeg en niet druk. Op de ene motor zat een man, op de andere een vrouw, beiden in strak leer en met een zwarte helm op. De man wilde de vrouw iets geven, een rood voorwerp, en op het moment dat ze dit aan wilde pakken verloor ze de macht over het stuur. De motor draaide vreemd de stoep op, de vrouw viel er bijna af, haar handen even omhoog, maar had het stuur vrijwel meteen ook weer vast, maar dat houvast gebruikte ze alleen maar om van de machine af te springen. Ze liep er achteruit vandaan, alsof ze er bang voor was, en ze struikelde, en zonder dat ze wist wat ze greep, greep ze de ladder vast. Iemand begon te gillen, de ladder viel langzaam, heel langzaam naar achteren, de voeten van de winkeleigenaar maakten zich al los van de trede waarop ze stonden, hij keek naar beneden, schreeuwde toen ook, het leek even alsof zijn handen naar iets reikten boven de ladder uit, en toen was er alleen zijn lichaam in de lucht, los van alles. Ik sloot mijn ogen, hoorde hoe zijn lichaam op straat terechtkwam, een dof, donker geluid waaraan het fatale van de val te horen was. Ik voelde Lenny's hand in mijn onderarm knijpen. Ik opende mijn ogen en zag hoe van alle kanten mensen aan kwamen rennen. De man leefde inderdaad niet meer. Dat zag je meteen. Aan de overkant van de straat zat de motorrijdster, op haar knieën. Haar gezicht kon ik niet zien, haar bovenlichaam bewoog naar voren, alsof iemand daar langzaam tegenaan duwde.

Lenny liep verder, trok me mee aan mijn arm en zei dat we niets konden doen.

Ik zei: 'Het zal je maar gebeuren.'

Lenny knikte en zei dat je het ene moment nog met de naam van je nieuwe winkel bezig was en dat dit een paar seconden later het laatste bleek dat je deed.

Ik zei: 'Nee, dat je dit veroorzaakt, bedoel ik.'

Lenny bleef staan en keek me geschrokken aan. 'Man, je trilt helemaal.'

Ik merkte het niet, ik zei: 'Dat je daar de schuld van bent.'

En toen zei Lenny dat hij al veel eerder van plan was geweest me dringend aan te sporen daar iets aan te doen.

'Waaraan?' vroeg ik.

'Schuld. Alles wat met schuld te maken heeft. Ik hoor je veel te vaak over schuld. Je vertelt dat je er dikwijls over droomt. Dat je je over veel schuldig voelt. Nu ook zeker?'

Ik knikte.

'Dacht ik het niet. Wat is er toch?' zei Lenny. 'Je moet daar iets aan gaan doen.'

Ik kijk Daniëlle aan, zij kijkt naar mij, geduldig. Hoe lang zeg ik al niets?

Weer zeg ik dat het misschien dwangmatig klinkt.

'Ik noem niet zo snel iets dwangmatig,' zegt Daniëlle. 'Laten we trouwens afspreken, Robert, dat je je niet druk maakt om wat ik denk of zou kunnen denken.' Ze lijkt op een actrice uit The Unbearable Lightness of Being, die met de bolhoed.

'Ik zal een voorbeeld geven, een heel stom voorbeeld.'

'Ook geen verontschuldigingen,' zegt ze.

'Ik zie bijvoorbeeld een tapijt waarvan een punt is omgekruld, naar binnen geslagen. Aanvankelijk zie ik dat alleen, ik doe er niets mee, maar even later, misschien ben ik al elders, bedenk ik ineens dat er iemand over zou kunnen struikelen, zelfs valt, ja, en niet zo'n beetje ook, iemand breekt zijn nek, laat ik maar even van het ergste uitgaan.'

Ik geloof niet dat ik het helder uitleg, het klinkt zo gezocht. Ik ben niet gewend over dit soort dingen te praten.

'En dat is dus mijn schuld. Het was een kleine moeite geweest dat tapijt in orde te brengen. Vaak ga ik terug om na te gaan of er alsjeblieft niet gebeurd is wat ik zojuist dacht, dat het alleen maar iets is wat ik me in mijn hoofd heb gehaald. En natuurlijk ook om dat tapijt goed te doen. Er is niemand in die ruimte, er is niets aan de hand. Ik heb het gevoel dat ik iets voorkomen heb. Dat lucht me ontzettend op. Vind je dat gek?'

'Als ik hier zat om me in de war te laten brengen door dingen die ik gek vind, had ik iets anders moeten gaan doen.'

'Sorry.'

'Hoeft ook niet: sorry.'

'Nee, maar ik vind het een voorbeeld van niks. Van de andere kant, vaak zijn het kleine aanleidingen die grote gevolgen hebben.'

'Je voelt je snel verantwoordelijk.'

'Snel? Altijd. En schuldig. Zodra ik met mensen omga, voel ik me schuldig. Ik trek me alles aan, alles wat mislukt, alle stommiteiten, alle lelijkheid, alles wat schaamte veroorzaakt. Ja, schamen doe ik me ook voortdurend. Als ik op straat een man hardhandig aan de riem van zijn hond zie trekken terwijl dat dier wil poepen of zo, dan schaam ik me voor dat gedrag, nog voordat ik er kwaad om word.'

'En schuldig?'

'Ja, dat die hond niet van mij is, zodat ik hem een beter leven had kunnen geven. Vind je het ziekelijk?'

'Nee. Hou op met dat soort vragen.'

'Daarom ben ik een solist, in alles. Misschien durf ik niet zo goed met andere mensen om te gaan. Ik schaam me er ook voor, dat ik dit niet durf. Je kunt zeggen dat ik het me makkelijk maak, maar het is niet makkelijk. Het enige dat ik makkelijk vind is de rol die ik speel.'

'Welke rol?'

'Heb je me weleens op televisie gezien?'

'Ik kijk nooit tv.'

'Dan zou je snappen wat ik bedoel. Ik weet alles.'

'Jij weet alles?'

'Ik doe alsof. Daarom mag ik heel vaak over van alles en nog wat iets komen zeggen. Doen alsof is niet moeilijk, daar moet je kunst van maken. Dat is mijn levenskunst. Een kunstje.'

'Zullen we het daar een volgende keer over hebben?'

Ze gaat me voor. Haar praktijkruimte is aan de achterkant van het huis, we lopen door een brede gang met een vloer van vlammend marmer. Uit een kamer waarvan de deur op een kier staat, klinkt een lied van Joan Baez, aan wie ik al lang niet meer gedacht heb. Het staat op een plaat die ik als jongen had, ik kan niet op de titel komen, een plaat uit de dagen waarin ik voortdurend gespannen dacht aan alles wat nog moest gaan gebeuren. Joan Baez was de vriendin van Bob Dylan, daarom vond ik haar goed. Ze danste op blote voeten naast de tovenaar met de zonnebril.

Bij de voordeur geven we elkaar een hand. Aan de overkant van de straat staat een vrouw die peinzend naar ons kijkt, even maar, dan loopt ze haastig naar een auto. Ik heb de indruk dat ik haar al eens gezien heb, maar ik kan haar niet thuisbrengen.

Het is een stralende ochtend, nog even en het is zomer.

Wat er dan te lachen viel

'En? Is ze licht?' vraagt Lenny, met wie ik na mijn bezoek aan Daniëlle Timmers heb afgesproken in ons favoriete café, het café met de hoge ramen en zonder muziek, aan een straat waar het daglicht altijd een beetje gedempt is, alsof je je bevindt in een stille hoek in Manhattan, volgens ons het beste stadsdeel van de wereld.

'Weet ik nog niet. Ik voel me wel goed bij haar, geloof ik.'

Lenny ken ik bijna veertig jaar. We werden vrienden in de vroege ochtend na een feest op de universiteit in mijn geboortestad, we waren eerstejaars Nederlands, hij kwam uit Breda. Het was het Nijmegen van de jaren zeventig, het was er schraalheid troef, iedereen moest schuldig zijn aan een mislukte tijd en feesten waren vooral bijeenkomsten waarmee niemand raad wist.

Ik was met hem meegegaan naar een kleine boerderij

aan de rand van de stad. Die was van een oom van hem, die voor twee jaar in Chicago ging werken als docent architectuur. Lenny kon zo lang in zijn huis wonen. Hij had twee stoelen, vermoeide fauteuils, in de tuin gezet. Van daaruit keken we uit over sappige weilanden, terwijl we net niet ijskoud bier dronken en naar The Byrds luisterden, de best denkbare vroege-ochtendmuziek, aldus Lenny. Het was zo'n klassiek begin van een vriendschap. We hadden het hartstochtelijk over alles wat ons bezighield, van Nabokov en Updike tot hier nog onbekende bands uit Amerika, en intussen begon de eerste dag van een toekomst die we voor een groot deel samen zouden delen. De vriendinnen die we kregen werden ook elkaars vriendinnen. Toen de zijne bij hem introk, Jane Chester, een Amerikaanse die in Nijmegen tandheelkunde studeerde, ging ik samenwonen met mijn jaargenote Michelle Zeegers, op een compacte etage met uitzicht op het Kronenburgerpark, het park waar mijn moeder ooit met mij in de kinderwagen wandelde.

Het was in die jaren bijna niet te doen Nederlands te studeren, niet alleen omdat de universiteit om de haverklap bezet werd gehouden, maar ook omdat we ons vooral moesten verdiepen in zaken die ons niet interesseerden, zoals manipulatief taalgebruik in pulpbladen of literatuur die zich tegen literatuur verzette. Na twee jaar ging ik kunstgeschiedenis studeren, dat leek me hoe dan ook minder erg, en toen Lenny de boerderij uit moest omdat zijn oom was teruggekeerd, stopte hij ook met de studie en vertrok met Jane naar Los Angeles om 'iets' in de muziek te gaan doen. Jane had ook geen zin meer in een bestaan als tandarts. Na een paar maanden berichtte hij dat hij bassist was in een band die waarschijnlijk Mister Dean zou gaan heten en die er inderdaad ineens was. Hun eerste single werd een locale hit, *The Nanny Was The Kitten*, uitstekende titel. Met Jane was het inmiddels uit. Mijn relatie met Michelle was ook op een laag pitje komen te staan, ze woonde al niet meer bij me omdat ze ruimte nodig had en die ruimte vond ze uiteindelijk in een commune in de buurt van Maastricht, waar ze zich opeens bewust werd van haar lichaam of zoiets, een proces dat ik niet meer wilde volgen.

Van veel uit die jaren wist ik meteen al dat ik me het later nauwelijks nog zou herinneren. Toen ik klaar was met mijn studie verhuisde ik naar Amsterdam. Lenny kwam terug, met de band was het niets geworden en hij ging documentaires maken. We kwamen bij dezelfde omroep terecht. Ik was redacteur van een radioprogramma over cultuur en voerde vooral voorgesprekken met gasten, hij maakte als freelancer snel naam met eigenzinnige films over de marge en uithoeken van de samenleving. Ik vergezelde hem vaak als hij aan het werk was en deed soms ook iets voor televisie, totdat er een talent, ik noem het maar even zo, in me werd ontdekt. Ik zat in een discussieprogramma, het onderwerp was vaag, over de noodzaak van kunst of zoiets. Er was een gespreksleider, een pedante man met een bril waarvan het montuur grappig geblokt was, en die niet alleen het gesprek wilde leiden maar ook het liefst als enige het woord voerde. Mijn gesprekspartners waren een museumdirecteur die de indruk wekte al heel lang niet meer geslapen te hebben, met zijn asgrauwe gezicht en zijn haar dat op stro leek, en een vrouw die trendwatcher van beroep was en vooral woedend en ongeduldig keek. Na een kwartier voelde ik ineens de slappe lach opkomen, terwijl er ook wilde irritatie in me brandde. Ik ging staan, het was een rechtstreekse uitzending dus er kon niets gecorrigeerd worden, en ik hield een betoog van een minuut of tien over kunst, over de energie van kunst, over de troost van kunst, over het verontrustende van kunst, over het ontregelende van kunst, er was iemand in me aan het woord die ik niet eerder zo gul de ruimte had gegeven, of die die ruimte nooit had opgeëist. Toen ik na middernacht thuiskwam stonden er een stuk of twintig berichten op mijn antwoordapparaat, allemaal complimenten. Ook bood een man met een stalen stem aan 'mijn zaakjes' te gaan regelen, want 'zo zien we het niet vaak'. Ik had toen nog geen idee wat mijn zaakjes waren, maar in ieder geval wilde ik niemand in mijn buurt en in mijn leven die iets aangaande mij ging regelen.

Soms hebben we het erover, Lenny en ik, over de tijd die is verstreken sinds de ochtend met The Byrds. We hebben het nodig daarover te praten om die tijd even stil te zetten, om de volheid ervan te kanaliseren.

Lenny trouwde met Brigit, een kordate vrouw met veel

humor. Ze kregen twee dochters, ze bleven bij elkaar. Ik trouwde met Paula, die een succesvol fotografe werd. Wij bleven niet bij elkaar, we hadden een jaar of tien nodig om in te zien dat dit ook beter was, ook al had ik het zo graag anders gehad. Het lag aan mij, aan mijn onvermogen geluk toe te laten, onder meer. We zijn op elkaar gesteld gebleven en we streven ernaar elkaar nog een paar keer per jaar te zien en telkens voel ik dan spijt om wat ik niet kon vasthouden.

'Ik hoorde Joan Baez in haar huis,' zeg ik.

'Jézus.'

In ons leven waren een paar Joan Baez-meisjes geweest, ook met van die lange jurken en graag op blote voeten, meestal behoorlijk op hun hoede. Die hadden bijna altijd een gitaar bij zich en begonnen op feestjes ineens te zingen, zonder dat iemand daarom gevraagd had. Het waren strenge meisjes die niet met zich lieten spotten. Ze lachten zelden en als je daarover iets zei, bijvoorbeeld dat het je opviel, vroegen ze wat er dan te lachen was, een vraag die je niet kon beantwoorden.

'Ken je die vrouw?' vraag ik en ik wijs naar buiten. Ze passeert het café, star voor zich uit kijkend.

'Nee, hoezo?'

'Volgens mij zag ik haar zojuist voor het huis van Daniëlle Timmers.'

'Ja?'

'Niks verder. Het zal toeval zijn. Of ik vergis me.'

Nee, denk ik er meteen achteraan, ik vergis me niet, ik

weet het zeker. Nog steeds weet ik niet waar ik haar van ken. Moet ik het café uit rennen en haar inhalen?

Lenny zegt dat hij vannacht op het idee kwam een reeks korte documentaires te maken over veranderingen in buurten of kleine dorpen waar zich iets ergs heeft voltrokken, een ernstig ongeval of een moord, over hoe zoiets de omgeving kan aantasten, hoe de mensen daarna veranderden.

Ik zeg dat ik het een goed idee vind.

'Maar ja,' zegt Lenny. 'Ze willen steeds minder van dit soort dingen, ze willen vooral luchtige troep, curieuze niemendalletjes, ja, dat vooral: curieuze niemendalletjes. Kijkjes in vervuilde keukens, zulke dingen.'

Een onbeheersbaar eczeemprobleem

'Dat moet je uitleggen,' zegt Tonia Boon schaterend. Wat
er te lachen valt weet ik niet. Het is de tweede keer dat ze
Van Alles presenteert. Misschien is het wel de voortduren-
de opluchting dat ze dit mag doen. Wat moet ik uitleggen? Ja, alles. Ook daarom heet het programma zo. Iedereen moet alles kunnen uitleggen en als dat niet lukt moet
je minstens grappig duidelijk maken dat dit nu even niet
mogelijk is. Ik zit hier omdat ik alles kan uitleggen. Dat
kan ik niet, maar ik ben iemand geworden van wie iedereen vindt dat hij dat kan. Ik moet mijn aanwezigheid in televisieprogramma's onderhand beperken.

De studio is de ruime achterzaal van een populair café
en ziet uit op een smalle, stille straat, tijdloos, met zacht
licht. Ze doet me denken aan bepaalde straten in mijn geboortestad in het oosten, straten waar ik als kind graag
doorheen zwierf. Ik hield van de stilte, van het licht, het

zijn de straten waaraan ik meteen denk als de naam van de stad valt. Heimwee voel ik dan, of iets wat daarop lijkt. Laatst dacht ik dat het misschien wel verlangen naar eenvoud was, hoewel dit misschien een iets te simpele samenvatting van dat verlangen is, maar ik geloof wel dat het zoiets is. Hoe dan ook, dat verlangen voel ik de laatste tijd steeds vaker. Gisteren nog zei ik tegen Lenny dat het me niet zou verbazen als ik de laatste jaren van mijn leven zou doorbrengen op een niet al te grote woonboot aan een kalm water, met een poes en een paar boeken. En met muziek natuurlijk.

'We gaan er even uit!' roept Tonia Boon. 'Na de reclame zal Robert van Noorden uitleggen wat er met kunst moet gebeuren.' Weer lacht ze, terwijl ze me met grote ogen aankijkt. Ze weet niet wat ze zegt, maar je ziet onmiddellijk aan haar dat ze dit niet erg vindt. Dat is ook haar kracht. Ze is agressief mooi. Als ze ergens binnenkomt móét je wel naar haar kijken, je kunt met je blik nergens anders heen. Haar aantrekkelijkheid fascineert me. Het is haar lach, de openheid van haar lach.

'Het gaat heel leuk, jongens,' zegt Tonia.

Ik weet helemaal niet of het leuk gaat, maar toch knikken we opgelucht, mijn medepanelleden en ik: een zangeres die vaak zegt dat het allemaal 'gek gezellig' is, een ontwerper met een typische ontwerperslach en een felle ontwerpersblik, en een jongen die alleen maar is wat hij is zonder dat het duidelijk is wat – zijn ouders waren stinkend rijk en toen ze dood waren, heeft hij al dat geld razendsnel opgemaakt en dat kwam in de krant en daarover moest hij praten in een praatprogramma en daar zei hij niets en daarom was hij even het gesprek van de dag.

We hebben een klein kwartier over kunst gepraat, de ontwerper en ik, de jongen speelde verveeld met twee elastiekjes. De aanleiding is, meen ik, een ministerieel besluit om alle aansprekende culturele instellingen op te heffen of in ieder geval geen subsidie meer te verlenen, wat hetzelfde is als een doodvonnis. Meestal is dat een trucje. Er komt even protest, nooit te lang, en daarvoor zwicht de bewindsman. Hij zegt dan dat bij nader inzien de subsidiestop niet voor alle genoemde instellingen geldt, maar dat hij ten aanzien van een paar ervan met de hand over zijn hart zal strijken en het nog even zal aanzien. Dit besluit veroorzaakt tevredenheid in plaats van nieuwe verontwaardiging over deze onderhand doorzichtige manier van manipuleren.

Tonia Boon buigt zich naar me toe: 'Iets grappiger mag best, Robert.'

Ze ruikt naar hitte, hitte van ver weg, een zonovergoten strand, ze blijft maar lachen.

Ik zeg dat ik mijn best zal doen.

'We rekenen op je.'

Als ze bij me vandaan loopt steekt ze haar duim op naar Helma Binder, die producent van het programma is en ook in haar eentje de redactie vormt. Ze is zo nerveus dat je nauwelijks met haar kunt communiceren, wat haar ook sympathiek maakt. Ze heeft een onbeheersbaar eczeemprobleem, dat zegt ze althans, ik heb er nooit wat van gezien.

Waarom ben ik vandaag niet grappig? Ik merk dat er steeds meer dagen zijn waarop dat zo is. Ik denk aan mijn zieke vader, ik denk aan dromen die ik zo verafschuw dat ik er soms tegen opzie te gaan slapen.

Die stilte beheerst hem

Mijn vader zegt ineens niets meer. Ik weet niet eens of hij nog ziet dat ik er ben. Aan een verpleegkundige vroeg ik of hij weet dat hij doodgaat. Die zekerheid overviel me toen ik zojuist zijn kamer binnenkwam: hij gaat dood, waarschijnlijk niet vandaag, maar spoedig. De televisie stond aan, mijn vader kijkt nooit televisie. Er was een programma te zien waarin mensen over een grens heen moeten, bijvoorbeeld iets eten waarvan ze moeten braken, dode spinnen in bladerdeeg. Mijn vader lag met matte verwondering te kijken en hij bleef naar het scherm staren toen ik het toestel had uitgezet.

'Natuurlijk weet hij dat.' De verpleegkundige zei het zo stellig dat ik niet eens vroeg hoe ze dat zo zeker wist.

Misschien weet hij het nog heel lang, misschien begreep hij zojuist pas wat hij weet, toen hij ineens niets meer zei. Je kunt iets weten zonder dat je onmiddellijk inziet wat het betekent. Ik kijk naar hem, hier in deze groengrijze kleine kamer die nu heel groot lijkt, een wereld waar hij in het midden ligt, de wereld die er van zijn leven is overgebleven, die langzaam vervaagt en alles kleiner maakt, ook mijn vader zelf. Hij weet niet meer wat hij moet willen, zijn naderende dood is hem aan het overkomen, hij heeft zich hier nog niet op voorbereid zoals hij dat altijd heeft gedaan bij de belangrijke momenten in zijn leven. Momenten die met zijn werk of onze familie te maken hadden, altijd had hij erover nagedacht, altijd was er een korte of meestal te lange toespraak waarin die gedachten toegankelijk werden. En nu is er stilte. Die stilte beheerst hem, hij kan zich er niet tegen verzetten, misschien zoekt hij nog wel naar woorden, maar hij weet niet meer waar.

Al minstens drie keer heb ik me door de arts die hem behandelt, laten uitleggen wat hem precies mankeerde. Ik vroeg: 'Wat is er toch met hem aan de hand?' Ik wilde mijn vraag terloops laten klinken in de hoop op een antwoord dat licht zou zijn.

De belangrijkste gegevens in het antwoord kende ik: matige bloedtoevoer, nieren die slecht functioneren, weldra niet meer, 'dan vergiftigt het lichaam zichzelf'. Na een korte pauze knik ik, over de gang van zaken vraag ik me nauwelijks iets af, ik weet niet eens of ik die begrijp, ik denk alleen aan de afloop, ja, aan de conclusie.

Ik wil iets tegen mijn vader zeggen, ik weet niet wat. Ik merk dat de vraag me bezighoudt of je beseft dat je in een fase terechtkomt waarvan je je al heel snel niets meer zult herinneren. Dat is natuurlijk altijd zo, dat je weet dat met jou je herinneringen verdwijnen, die beelden die laten merken dat je geleefd hebt. Dat je leven een aaneenschakeling van van alles was, dat er een verband was tussen alles, ook al is dat verband moeilijk te benoemen, dat er in ieder geval een verband was tussen jou en wat je zag of hoorde of anderszins onderging, want dat is het verband dat een herinnering laat zien. En ineens zit je in een periode van je leven waarvan je weet dat dit verband er nauwelijks meer toe doet, omdat het nog maar voor heel even wordt opgeslagen, waarschijnlijk niet eens diep meer want daar zijn de omstandigheden niet naar.

Ik wil zo graag vragen: 'Vader, is dit nu aan het gebeuren?'

De luchthaven van Rome

'Heb je in de gaten dat het alleen maar over schuld gaat?' vraagt Daniëlle Timmers. 'Schuld ja.' 'Daarom zit je hier. Vanwege schuld. Jij wilt dat tegen me zeggen, alleen maar telkens opnieuw tegen me zeggen.' Het is de vijfde keer dat ik bij haar ben. Tegen ons gesprek van vandaag zag ik op, ik vroeg me af of ik het wel wilde. Dat ik ben gegaan komt door Lenny. Hij voorzag spijt als ik het niet zou doen. 'We moeten steeds minder spijt krijgen van wat we doen,' zei hij. 'We moeten daar klaar mee zijn. We moeten niet meer aan de mogelijkheid van spijt denken.'

Ik denk aan lang geleden, het moment waarop ik het woord voor het eerst hoor: schuld. Natuurlijk zal het vaker in mijn aanwezigheid zijn uitgesproken, maar toen drong het niet tot me door, en het is een woord dat tot je door moet dringen.

Ik merkte snel dat ik een verschil tussen woorden maakte, woorden waarvan je zelf over de betekenis kon nadenken en woorden die iets betekenden dat je voor je zag, fiets bijvoorbeeld. Over het woord bromfiets dacht ik na. 'Charley heeft een bromfiets gekocht, een Engels ding,' zei mijn moeder tegen mijn vader, die met de krant voor zich naar buiten staarde. Charley was haar broer, mijn oom Charley, een lange, vrolijke man die altijd kleurige kleren droeg en bijna om alles erg hard lachte, waarbij het telkens leek alsof hij nooit meer met lachen zou ophouden. Ik snapte wat er bedoeld werd met 'Ik lach me dood'. Dat zei mijn moeder vaak wanneer ze dubbelklapte van het lachen: 'Ik lach me dood.' De eerste keer dat ik het hoorde, schrok ik. Ik wist wat dood was, hoewel ik nog nooit een dode had gezien. Toen mijn moeder mijn angstige gezicht zag, moest ze nog harder lachen. Ze trok me naar zich toe, hield me stevig tegen zich aan gedrukt en wiegde me op de golven van haar schaterlach. 'Jochie van me, jochiejochie van me, mama gaat niet dood, mama lacht alleen maar, en als je zo hard moet lachen als mama zeggen mensen dat je je doodlacht, maar ik ga niet dood, jochie van me.'

'Oom Charley heeft een bromfiets gekocht.'

Ik wist wat een fiets was, ik had er zelf een, een donkergele, maar van een bromfiets had ik nog nooit gehoord.

Ik kon mijn ouders vragen wat het betekende, maar ik wilde het onbekende woord nog even bij me houden. Mijn moeder noemde mijn vader soms een brompot, en inmiddels begreep ik wat ze daarmee bedoelde. Dan zat hij een beetje te mopperen. Wat had een bromfiets daarmee te maken? Kon een fiets mopperen? Of was het het geluid dat mopperen maakte, een soort zeurderig gepruttel?

Kort daarna kwam oom Charley er op de bromfiets aan. Hij reed rondjes door de straat, staand op de trappers en met de vlakke hand boven zijn ogen alsof hij in een verte tuurde, een verte die je alleen maar kon bereiken als je zo'n bromfiets had.

Ik mocht achterop en we reden de straat uit, het grote plein over, met overal fonteinen van bloemen, en langs het stadspark. Daar, op een van de hoeken, stopte oom Charley, bij een donkerbruin keetje waar ijs, limonade en snoep werden verkocht. Hij vroeg of ik een flesje wilde. Ik kreeg vaak een flesje van oom Charley, flauwe priklimonade met sinaasappelsmaak. Hij woonde niet ver van de stad, in een klein landhuis (dat woord!) vol boeken en duizenden dingen die hij van zijn reizen had meegenomen. Als we bij hem op bezoek waren, voelde ik me in een andere wereld dan die van mijn ouders. Thuis stonden ook boeken, maar het leek alsof er in het huis van oom Charley van alles bewoog, alsof er geheimen waren die zacht en uitnodigend ademden.

Veel nieuwe woorden kwamen trouwens van oom

Charley. Hoofddeksel, herinner ik me. 'Een dag bij uitstek om een nieuw en waardig hoofddeksel te kopen,' hoorde ik hem zeggen. Ik zat in een stille hoek van de kamer te spelen. Het woord hoofddeksel had iets akeligs, alsof er een deksel was dat je van je hoofd kon draaien. Misschien hadden sommige mensen dat. Je draaide je hoofddeksel open en dan kon je iets uit je hoofd halen. Ik voelde aan mijn eigen hoofd. Daar zat geen deksel op, maar misschien moest je daar eerst nog voor groeien. Ja, natuurlijk, je kon pas een deksel hebben als je hoofd niet meer groter werd. Dat was iets voor later, ook een woord dat ik vaak hoorde: later, de tijd waarin alles ging gebeuren wat er moest gebeuren.

Oom Charley gaf mijn moeder eens een kostbare fles cadeau. Die zag eruit alsof je hem niet moest aanraken, anders ging hij meteen kapot. Mijn moeder draaide de glazen dop eraf en rook eraan. Ze sloot even haar ogen en zei toen: 'Alsof ik bloemen krijg van de zee.' Graag wilde ik dat ze dit nog een keer zei. Ze rook nog een keer, maar zei nu niets. Wel hield ze haar ogen gesloten.

Oom Charley zei: 'Op de luchthaven van Rome gekocht.'

Luchthaven? Ik liep naar het raam en keek naar buiten, de hemel in. Was daar ergens een luchthaven? Had ik er ooit een gezien? Misschien kon je ze niet altijd zien of misschien bewogen luchthavens zich wel over de wereld. Van de andere kant, oom Charley had het cadeau voor mijn moeder op de luchthaven van Rome gekocht. Daar was dus een vaste luchthaven of misschien was die daar maar even en was oom Charley speciaal daarvoor naar Rome gereisd, omdat daar iets te koop was dat je alleen daar kon kopen, de geur van bloemen die je van de zee cadeau krijgt. Oom Charley hield veel van zijn zus, mijn moeder. Dat kon je zien.

Ik verlangde ernaar woorden op te schrijven en er dan bij te tekenen wat ze betekenden. Als dat kon. Van mijn grootmoeder had ik een groot schetsboek gekregen met een harde kaft waarop tientallen dezelfde zonnen stonden afgebeeld, maar daarin durfde ik nog niet te tekenen, ik wilde dat boek voor later bewaren, als ik het gevoel had dat 'later' was aangebroken.

Bij veel woorden kon je iets aanwijzen of zoeken naar een herinnering aan iets wat je gezien had.

Bij schuld kon dat niet!

Het woord viel thuis soms.

'Het is toch niet mijn schuld,' zei mijn vader. Er was iets gevallen, ik weet niet meer wat. Uit wat mijn vader zei bleek dat schuld iets was wat niets met hem te maken had, het woord waaide aan me voorbij.

Maar ineens is er het einde van een middag in de zomer. Mijn moeder en ik komen terug van het badhuis, een half uur lopen van ons huis vandaan. We hebben thuis geen bad of douche, ook daarom zoeken mijn ouders een ander huis. Ik zie uit naar onze bezoeken aan het badhuis, de wandeling erheen, de wandeling terug, mijn moeder die dan altijd naar bloemen ruikt, niet per se de bloemen die de zee cadeau geeft, en ik met natte haren, in een frisse stemming, ook omdat er iets voorbij is waarop ik me opnieuw kan verheugen zonder dat ik dit kan verklaren, maar dat hoeft ook niet, er kan iets voorbijgaan zonder dat ik het begrijp. We lopen door straatjes met kleine oude huizen en veel bomen die die straten koel houden en zorgen voor een mild goudgroen licht waarin ik me altijd op mijn gemak voel. Zo graag wil ik dat dit de kleur van het leven, mijn leven is, deze kleur en deze geruststellende stilte.

Mijn moeder praat tijdens deze wandelingen anders met me dan ze thuis doet, niet ernstig, ik geloof niet dat mijn moeder vaak ernstig is, maar ze zegt dingen als: 'Jij bent graag alleen, hè?'

Dat ben ik inderdaad, graag alleen, ik ken de betekenis van die woorden. Ik heb een vriendje, Harm, die een paar huizen verder woont, maar ik zie hem alleen op woensdagmiddag en dan spelen we bij hem in de achtertuin. Wij wonen op de hoogste verdieping van een statig herenhuis, we hebben geen balkon, en van de mensen van wie mijn ouders de etage huren, mogen we de tuin niet gebruiken. Mijn ouders vinden dat geloof ik niet erg. Rond mijn geboorte hebben ze deze etage betrokken en ze zeggen vaak dat ze toen geluk hebben gehad.

Ik ben graag alleen en ik weet ook waarom: omdat er veel minder kan gebeuren dan wanneer je niet alleen bent, ik bedoel veel minder waarvan je last kunt hebben.

Er is nog iets anders. Een paar maanden geleden kneep ik een vaas kapot, een vaas van dun glas, het leek wel alsof die vaas niet bestond, ja, het leek alsof hij voor even bedacht was door de broze witte bloemen die erin stonden. Ik moest die vaas aanraken, niet alleen aanraken, ik moest in de vaas knijpen, ik moest weten hoe ver ik met die vaas kon gaan, misschien vond ik wel dat die vaas er niet mocht zijn. Mijn moeder zegt vaak 'nergens aankomen', maar dat is altijd in het huis van iemand anders, huizen waarvan ik de orde niet ken. Thuis mag ik overal aankomen. Dat is me niet zo gezegd, maar dat vind ik, dat lijkt me normaal.

Ik houd mijn adem in als mijn hand de vaas omsluit, dunner glas zag ik nooit, ik hóéf niet eens te knijpen, alleen maar uit te ademen. De vaas gaat zonder geluid kapot, het water stroomt over mijn hand, de witte bloemen glijden langs mijn pols, ze ruiken deftig, de vaas barst in tweeën, het bovenste gedeelte komt op tafel terecht en breekt daar ook in tweeën. Ik heb zin met mijn tong een van de stukken aan te raken, het liefst op het breukvlak, maar dan hoor ik de stem van mijn moeder: 'Wat doe je? Wat ben je aan het doen?' Ze komt uit de keuken en blijft in de deuropening staan, ze ziet wat ik gedaan heb, het is aan mij te zien dat ik heel goed snap dat het door mij komt dat die vaas kapot is, het is niet per ongeluk gebeurd, ook dat moet te zien zijn. Ze is niet kwaad, geloof ik, vooral verbaasd.

'Waarom doe je dat?' vraagt ze.

Ik haal mijn schouders op.

'Weet je dat niet?'

Ik schud mijn hoofd. Ik weet het wel, maar kan het niet uitleggen.

Mijn moeder komt naar de tafel toe en neemt mijn hoofd tussen haar handen: 'Denk toch eens na bij wat je doet.'

Ik weet niet hoe dat moet, nadenken. Ik heb het niet geleerd, zoals lopen. Leren nadenken is iets anders dan leren lopen.

Als ik alleen ben geloof ik dat ik minder moet nadenken bij wat ik doe dan wanneer ik met anderen ben. Daarom ben ik ook erg graag alleen, ik heb het gevoel dat ik dan een beetje kan verdwijnen, ik weet niet precies in wat, niet in gedachten, denk ik, maar ik stel me iets voor, bijvoorbeeld dat ik in een bos ben waar verder geen andere mensen zijn, of alleen in een boot op zee of op een brede rivier, een boot die op en onder water kan varen, en daar ben ik dan, en er gebeurt van alles met me zonder dat ik daar iets voor hoef te doen, ja, ik verdwijn in wat me overkomt.

Mijn moeder zegt dat ik graag alleen ben.

'Ja,' zeg ik.

Ze pakt mijn hand vast.

'Het is niet erg, hoor. Als je je maar nooit alleen voelt. Alleen voelen is iets anders dan alleen zijn. Als je je alleen voelt, zég je dat dan?'

'Waarom?' vraag ik.

'Waarom? Ik ben je moeder. Ik wil niet dat je je alleen voelt.'

Ik moet misschien vragen wat ze dan wil doen, maar dat vraag ik niet, ik vind die vraag moeilijk. Mijn moeder waarschijnlijk ook, ik wil haar geen moeilijke vragen stellen.

Vanmiddag vraagt ze niets, ze neuriet, soms huppelen we. Zouden mensen denken dat mijn moeder mijn oudere zus is? In onze straat worden we door veel mensen gegroet. De zomer maakt iedereen vrolijk, het lijkt alsof de mensen meer bij elkaar horen dan wanneer het slecht weer is, wat niet alleen komt doordat niemand dan naar buiten wil. Het heeft ook met de zon te maken, met warmte, met de kleur van het licht en de hemel die eindeloos open is.

Als we ons huis willen binnengaan, gebeurt er ineens iets. Het begint met een gerucht, iets onrustigs, een beweging die ver weg lijkt, maar dan is er lawaai, paniek. Mijn moeder draait zich razendsnel om, roept 'O God' en rent dan de kleine voortuin uit. Ik volg haar. Op de stoep staat ze stil, naast de buurvrouw van twee huizen verder. Ze wijzen, ik zie waarheen ze wijzen: er ligt een man op straat, het is net alsof hij kruipt, ik zie bloed maar niet waar dat vandaan komt, het lijkt alsof hij het in zijn gezicht veegt, met rare, bange gebaren, hij roept iets, een kreet. Uit de kleine vrachtwagen voor hem springt een man in overall, zijn handen boven zijn hoofd, hij kijkt geschrokken om zich heen. Ik kijk mijn moeder aan, zij moet de wereld voor mij verklaren, ze zegt: 'Die man is aangereden, hij is gewond, iemand moet de ziekenwagen bellen.' Ze richt zich tot de buurvrouw: 'Heeft u telefoon?' De buurvrouw schudt haar hoofd, mijn moeder bijt op haar onderlip.

De aangereden man ligt nu roerloos op straat, de chauffeur van de vrachtwagen zit over hem heen gebogen. Ik zie de witte auto zonder dak die van de aangereden man is, een auto die je verder nergens ziet, het portier staat open, waarschijnlijk had hij tijdens het uitstappen niet goed uitgekeken. Ik ken de aangereden man, hij liep zo nu en dan door de buurt, een lange man, zijn haar altijd nat en achterovergekamd, uitsluitend zwarte kleren aan en ook als de zon niet schijnt een zonnebril op. Hij woont hier wel, maar hij hoort hier niet, zijn wereld is een andere dan de kalme van ons. Hij ligt op zijn rug, met zijn handen voor zijn ogen, hij huilt. Nog nooit heb ik een volwassene zien huilen. De man huilt met gierende uithalen, het maakt me bang. Mijn moeder schudt langzaam haar hoofd, ze bijt nog steeds op haar onderlip, het is aan haar te zien dat ze de man wil helpen maar niet weet hoe, ze durft er misschien niet heen te gaan. Er staan nu meer mensen rond de man, hij is gaan zitten, hij huilt nog steeds, iets zachter nu.

'Het is van de schrik,' zegt de buurvrouw. 'Het ziet er helemaal niet ernstig uit. Hij is gewoon geschrokken.'

Dat ken ik niet, huilen van de schrik. En even weet ik om welke dingen ik wel huil. Ik huil niet vaak.

In de verte hoor ik de ziekenauto, de sirene schreeuwt de goedmoedige zomerse namiddag aan stukken.

'Heb je weleens een ziekenauto gezien?' vraagt de buurvrouw.

Ik knik ja, dit soort stomme vragen moeten ze me niet stellen. Misschien zijn er kinderen die op mijn leeftijd nog nooit een ziekenauto hebben gezien, maar met hen zal dan vast van alles mis zijn.

Er moet maar snel iets anders aan de hand zijn, ik heb het wel gehad met dat ongeluk, er moet iets gebeuren waardoor mijn moeder zich dood gaat lachen.

Als de ziekenauto stopt, gaat de aangereden man gewoon staan, hij strijkt zijn haar naar achteren, hij kijkt naar zijn witte auto.

'Kom, we gaan naar boven,' zegt mijn moeder. 'Volgens mij valt het reusachtig mee.'

Mijn vader drinkt een glas bier, mijn moeder vertelt hem over het ongeluk. Hij zegt dat hij erover gehoord heeft, zojuist toen hij onze straat in fietste.

'Ik begrijp dat het zijn eigen schuld was?' zegt mijn vader.

Ik kijk hem aan, ik wil dat hij me uitlegt wat hij bedoelt, maar ik heb geen woorden voor die vraag.

'Hij had beter moeten uitkijken,' zegt mijn vader als hij mijn vragende blik ziet.

'Wat is schuld?' vraag ik.

Mijn vader lacht.

'Goeie vraag,' zegt hij. 'Als jij iets fouts doet, bijvoorbeeld iets kapotmaakt, bijvoorbeeld die vaas laatst, dan voel je schuld, dan zeg je dat je dat nooit meer zal doen.'

'Ik heb anders niks van hem gehoord,' zegt mijn moeder. Ze heeft weer zin om te lachen. Misschien gaat ze zich dadelijk wel doodlachen.

'Je hebt iets gedaan wat je erg vindt,' zegt mijn vader.

'Soms een beetje erg, soms héél erg.'

'En dat moet je dan zeggen,' zeg ik.

'Wat?'

'Dat je het erg vindt.'

'Ja, dat het je spijt.'

'Spijt?'

'Dat voel je als je je schuldig voelt. Als het goed is.'

Ik denk aan de man in het zwart die aangereden is en huilde. Het is zijn eigen schuld, zegt mijn vader. Maar waarom zou hij iets doen waarom hij zo ontzettend moet huilen? Misschien deed hij het per ongeluk, maar dan is het toch niet zijn schuld, dan kan hij er toch niets aan doen? Ik wil hierover met mijn vader praten, maar weer weet ik niet hoe.

Als mijn moeder me naar bed brengt is het nog licht. Ze dekt me toe en zegt: 'Ach, het gebeurt allemaal maar en het gebeurt allemaal maar.' Ik geloof dat ik haar begrijp, het heeft allemaal met later te maken, het later waarop ik dag in dag uit voorbereid word.

Ik ben alleen in de kleine kamer en richt me op om naar buiten te kijken. Ik zie een kolossale bol boven de stad hangen, fel oranje. Zoiets heb ik nog nooit gezien. Ik roep mijn moeder en als ze me ziet wijzen, moet ze lachen. Ze zegt dat het een luchtballon is, dat er in het mandje dat eronder hangt mensen zitten, dat je zo ook over de wereld kunt reizen, als je er maar voor zorgt dat er voldoende lucht in de ballon zit. Ze belooft me binnenkort een mooi verhaal voor te lezen over een reis in zo'n ballon. Dan laat ze me alleen.

Ik kijk naar de ballon, die hoog en dommelend boven de huizen hangt. De reis gaat niet hard. Mijn leven ook niet, maar er is vandaag wel iets veranderd.

'Ik mag het je natuurlijk niet vragen,' zegt Daniëlle. 'Ik weet onderhand welke vragen je lastig vindt, maar ik zit hier ook voor lastige vragen. Waar denk je aan?'

Dat probeer ik te vertellen.

Kermispalingen

Mijn moeder loopt steeds moeilijker. Door de gangen van het ziekenhuis duw ik haar voort in een rolstoel, wat ik al vaker gedaan heb, en telkens zegt ze, nu ook weer: 'Dat had je ook nooit gedacht, dat je zo met je moeder zou lopen.'

Nee, er gebeurt de laatste tijd van alles waaraan ik nooit heb gedacht. Ik heb mijn ouders bijvoorbeeld nooit oud gevonden, niet omdat ik me daartegen verzette, maar ik dacht er nooit aan als ik bij ze was. Ze waren mijn ouders zoals ik ze altijd mijn ouders vond, alleen ik werd ouder, een ouder wordende zoon, zoals ik ook meemaakte dat mijn zusjes ouder werden. Wij waren en werden ouder bij hen, zij niet bij ons.

Toen mijn moeder belde: 'Het gaat niet goed met vader, ik geloof dat we op het ergste voorbereid moeten zijn', toen was er ineens hun ouderdom, hun leven dat plotseling klein en breekbaar werd. Nog nooit had mijn moeder gezegd dat we op het ergste voorbereid moesten zijn. Het ergste bestond niet, daaraan hoefde niemand van ons te denken, we hadden het alleen maar over alles wat goed ging, de namiddagen en avonden dat we bij elkaar waren en wijn en jenever dronken en haring aten. En vroeger tijdens de kermisdagen paling! Toen ik mijn vader voor het eerst in het ziekenhuis bezocht kreeg ik een scherpe herinnering aan hoe hij ieder jaar op een van de eerste avonden van oktober thuiskwam met een kilo paling in een krant die glom van het vet. Die krant rolde hij open op tafel en daar lagen ze donker en aantrekkelijk te glimmen, de kermispalingen. Ik zag hem daar triomfantelijk en uitnodigend naar wijzen. Mijn vader was geen man van dergelijke gebaren, daarom was het mooi hoe hij daar stond, met zijn handen naar de paling wijzend.

Dat beeld. Het klópte in me terwijl ik naar hem keek, terwijl hij zich nauwelijks bewoog en ik naar een beweging zocht die bij zo'n oktoberavond paste.

Mijn moeders stem klonk voor het eerst oud toen ze het zei van mijn vader, het was een stem die vanaf dat moment anders zou gaan spreken, andere dingen dan voorheen zou zeggen.

De zon schijnt fel in de kamer waarin mijn vader ligt. Gelukkig ligt hij er in zijn eentje, hij is niet iemand die makkelijk met vreemden praat.

'Heb je het niet te warm, jongen?' vraagt mijn moeder hem.

Mijn vader zegt niets, hij kijkt ons alleen maar aan. Mijn moeder knijpt zacht in mijn onderarm en wijst naar een wasbak in de hoek. Ik weet dat ze een vochtig washandje wil. Ik geef het haar. Ze staat moeizaam op uit de rolstoel en begint zijn voorhoofd te deppen. 'Dat is lekker voor je,' zegt ze. Mijn ouders zijn achtenvijftig jaar samen, misschien waren ze geen dag zonder elkaar.

Toen we naar het ziekenhuis reden, zei mijn moeder dat ze graag met hem over al die jaren zou praten, dat ze het zo erg vond dat hij maar niets zei, dat ze best in haar eentje wilde praten, maar niet wist of hij dat prettig vond. Dat leek me zo ontstellend pijnlijk na zo'n lang leven samen, dat je er alleen nog maar woorden voor hebt waarmee je niets kunt, maar dat zei ik niet. Ze moesten iets oplossen waarbij ik hen niet kan helpen. Die machteloosheid verwijt ik mezelf.

Tere wimpers

'Ken je me nog, Van Noorden?!' Ik moet de hoorn van het toestel ver van mijn oor houden, de stem van de ander explodeert tegen mijn gezicht.

Ik vraag met wie ik spreek, pas dan kan ik zeggen of ik hem nog ken.

Het is even stil, een verontwaardigde stilte.

'Met Bep! Met Beppe!'

Ik merk dat ik verstijf. Beppe Molenaar, de volkszanger die onder de naam Ricardo Mills het ene succes na het andere boekt, jaarlijks drie keer achter elkaar een stadion vol krijgt en wiens status van Bekende Nederlander bijna onverdraaglijk moet zijn voor wie dat niet is maar wel wil worden, want zo hoog als Ricardo Mills kan niemand nog komen.

'Beppe,' zeg ik. Er zijn weinig mensen die Beppe of Bep tegen hem zeggen.

'Ja, ik heb gezworen dat ik nooit, maar dan ook nooit meer een woord met je zou wisselen, gezwóren op het graf van mijn moeder, maar het moet, en het spijt me als de ziekte dat het moet. Heb je even?'

Ik hap naar adem.

'Beppe, ik heb bezoek, iemand van de belasting. Kan ik je zo terugbellen?' Als ik als smoes bezoek bedenk, is het altijd iemand van de belasting.

'Ah, meneer heeft bezoek. Dat iemand jou wil bezoeken. Wat zei je, de belasting? O, dan kan ik me het voorstellen. Weet je wat je doet, ik bel je over een half uur terug, zorg ervoor dat ik dan even met je kan spreken. Een half uur, Van Noorden.'

Toen Andrea Simons me vroeg een zomer op haar huis te passen omdat ze zelf twee maanden, misschien langer, een zeiltocht op de Stille Oceaan ging maken, verzuimde ze te vermelden dat in de kolossale villa aan de overkant de zanger Ricardo Mills met zijn gezin woonde. Ze zal er niet aan gedacht hebben.

Haar huis beviel me. Andrea kende ik niet goed, maar ik was een paar keer bij haar geweest om te praten over een film over Mondriaan die zij voorbereidde. Het huis dateerde van eind negentiende eeuw en leek te zijn gebouwd om diepe stilte een waardige woonplaats te verschaffen. Van buiten zag het er donker uit, maar binnen was alles ruim en wit. Het was vroeger van haar vader geweest, Felix Simons, de componist, die er de laatste jaren van zijn leven had gewoond nadat zijn vrouw, Andrea's moeder, was gestorven. Hij componeerde toen allang niet meer, hij las en hij schreef, en toen Andrea na zijn dood las wat hij allemaal geschreven had – *Herinneringen, pogingen tot* stond er op de map waarin hij die pagina's bewaarde – viel daar geen touw aan vast te knopen. Van die verwardheid had ze nooit iets gemerkt als ze bij hem was, ja, hij was stil, maar dat was hij altijd al, hij zei alleen maar het hoognodige, wat niet wegnam dat Andrea graag in zijn gezelschap verkeerde.

'Vroeger werd bij ons nooit veel gesproken. We lazen, we luisterden naar muziek, maar als kind vond ik dat geen moment beklemmend, nee, zo wilde ik verder leven,' zei Andrea. 'Dat leek me een heilig doel.'

Ik zei dat ik die manier van leven begreep, dat ik mijn laatste jaren ook zo wilde doorbrengen en dat het me vaak speet dat ik niet eerder zo was gaan leven, want zo was ik ook begonnen, niet met lezen en naar muziek luisteren maar met alleen zijn, en dat ik pas later begreep hoe gelukkig ik toen was, omdat ik tegenwoordig altijd bang ben dat het te weinig is wat ik voor een ander beteken.

Als ik Andrea uitzwaai, op een zonovergoten vroege ochtend, gebeurt er van alles. Langzaam rijden er, of eerder schrijden er drie grote auto's de anders zo kalme laan in. Uit alle drie klinkt keihard muziek, een lied, een Nederlands lied. Ik heb het al vaak gehoord, terwijl ik nauwelijks naar de radio luister of televisie kijk, maar het is een lied waar niet onderuit te komen valt, even onvermijdelijk als slecht weer:

O, mijn nachten in Turijn
Tussen lakens van satijn.

Zoiets.

Het refrein ken ik zelfs uit mijn hoofd:

O Italiaanse Sabrina
Ik blijf je eeuwig trouw
O Italiaanse Sabrina
Word alsjeblieft mijn vrouw.

De melodie is angstaanjagend, de stem van de zanger erg hard en bijna jennend.

Uit de auto's stappen een stuk of tien mensen, duidelijk terug van een feestelijke bijeenkomst, ze zien er allemaal min of meer hetzelfde uit, glanzende zwart-paarse kleren. Een man, de dikste van allemaal, heeft er een lichtblauwe bontjas overheen aan, waarmee de honkbalpet op zijn bekrulde hoofd teleurstellend contrasteert. Hij kijkt in de hals van een fles champagne en smijt die vervolgens fel in de bosjes.

De postbode komt er net aan, overhandigt me de post van Andrea en zegt: 'Gaat minstens vier keer per week zo. Komen ze terug van een optreden van Ricardo Mills, van het feest daarna.'

'Wie is Ricardo Mills? Ja, ik weet wel wie hij is. Dat lied over Turijn. Wie kent het niet? Maar loopt hij daar dan?'

'Weet u niet wie Ricardo Mills is?!' Zijn mond valt dom open van verbazing.

'Nee,' zeg ik.

De postbode schudt verbaasd en geïrriteerd zijn hoofd en wijst naar de man in bontjas. Ik doe alsof ik me een beetje schaam. Natuurlijk. Ricardo Mills ziet de postbode wijzen, hij wijst terug, terwijl hij schor schatert.

'Pietjelul Postzegel, ook goedemorgen,' roept hij. 'Heb je nog een pakje voor mij, Pietjelul Postzegel? Ik heb ook recht op een pakje, Pietjelul Postzegel!'

Hij komt nu naar ons toe, zijn bontmantel wappert voornaam in de lauwe ochtendwind, een log fabeldier uit een grimmig sprookje, zijn gezicht onder de rode vlekken, zijn wasbleke huid lijkt te ademen, hormonen blinken grof in zijn wijd opengesperde ogen.

'Nou, je bent er weer vroeg bij, Pietjelul Postzegel,' zegt Ricardo Mills, terwijl hij de postbode op de schouder jast. Dan richt hij zich tot mij: 'Ja, mijn vrouw noemt hem zo, Pietjelul Postzegel. Ik niet. Maar mijn vrouw vindt hem echt een Pietjelul Postzegel. Vindt hij niet erg. Met de Kerst krijgt hij een mooi flesje van ons. Hij mag niet mopperen. En met wie heb ik nu de eer? Ik heb je nog nooit gezien hiero, ik ken je niet.'

'Ik ben Robert van Noorden,' zeg ik. 'Ik ben een vriend van Andrea. Ze is met vakantie. Ik pas op het huis.'

'Ach, heeft dat mokkeltje even de benen genomen? Is goed voor haar, heel goed. Mijn vrouw zegt dat ze zo bleek ziet. Mij valt dat niet op. Een mokkeltje is een mokkeltje. Ik denk wel altijd dat ze eens een avondje in een kooi met grote negers opgesloten moet worden. Ze kijkt altijd zo ernstig. Mensen hoeven niet de hele tijd ernstig te kijken. Wat jij?'

Ik merk dat het me niet goed lukt naar Ricardo Mills te luisteren, ik kijk over zijn schouder naar het gezelschap dat zojuist de auto's verlaten heeft en zich langzaam en traag en chaotisch naar de villa beweegt, en ineens zie ik naast de voorste auto een meisje staan, een lang, dun meisje. Ze heeft een donkergroene jurk aan, alsof ze in een tuin hoort, liefst in een tuin waar ze niet opgemerkt wordt. Haar bruine haar golft slordig over haar schuwe schouders. Ze kijkt naar ons, met grote donkere ogen. Hoewel ze aan de overkant van de straat staat, zie ik dat het tastende ogen zijn en dat tasten doet haar pijn, maar misschien doet alles haar wel pijn.

Ricardo Mills stompt dwingend tegen mijn bovenarm. 'En je zegt gewoon Bep. Of Beppe. Maakt niet uit. Zo heet ik. Beppe Molenaar. Ricardo Mills ben ik daaro.' En hij wijst naar een wereld die er nu niet toe doet, die op dit moment verwerpelijk is, in ieder geval onbeduidend en ver weg.

Zijn warme hand grijpt de mijne en schudt hem heftig. 'Waar sta je nu naar te kijken?' Hij draait zich om. 'Vera. Veraatje. Mijn jongste. Normaal gaat ze nooit mee. Maar ja, het is vakantie. Zo'n kind moet wat.'

Vera kijkt niet naar ons. Ze kijkt naar mij. Althans dat denk ik. Even is het net alsof alleen wij hier zijn: Vera, in haar donkergroene jurk, en ik, met een hees gevoel in mijn borst, in een diepe stilte die door niemand wordt gehoord, in ongekend ochtendlicht dat door niemand wordt gezien. Er is een laan tussen ons in, maar als zij haar hand uitstrekt en ik de mijne, raken we elkaar aan, nauwelijks voelbaar, maar toch intens.

'We gaan even tukken,' zegt Beppe. 'Vanavond sta ik op een van die eilanden.'

'Welk eiland?' vraag ik.

'Al sla je me dood.'

Ik kijk weer over zijn schouders. Ze is er niet meer. En even vraag ik me af of ik haar gedroomd heb, maar nee, dat kan niet, het is de jongste dochter van Ricardo Mills, van Beppe Molenaar, 'zo'n meisje moet wat'. Toch is het alsof ze ooit in een droom was, ooit, het is zelfs net alsof ik me die droom vaag herinner, nee, niet de droom, alleen haar gezicht. Nadat ik wakker was geschrokken bleef ik haar gezicht zien, maar dat kan natuurlijk niet, dromen laten zich niet zo lang herinneren. Misschien zag ik haar eerder, nog niet zo lang geleden, ergens in een stad, of elders, en was me zonder dat ik het besefte iets opgevallen, geen idee wat, misschien haar kwetsbaarheid, haar tastende kwetsbaarheid.

Een paar dagen later zie ik haar weer. Ik zit in de tuin te lezen als ik een stem hoor, en ik weet meteen zeker dat het haar stem is, want het is een stem die bij haar ogen hoort, donker. Ze roept iemand, bijna smekend: 'Piet!' En nog een keer: 'Piet!'

Ze komt achter een hoge struik vandaan, ze ziet er bezweet uit. Weer heeft ze een groene jurk aan, een andere, van dunne, bijna doorzichtige stof.

'Heeft u Piet gezien?'

'Wie is Piet?'

'Mijn hond.'

'Ik heb geen hond gezien.'

'Hij is vaak hier. Van Andrea krijgt hij altijd wat.' Ze denkt even na. 'Lekkere hapjes.'

'Die wil ik hem ook wel geven, maar misschien is hij bang voor mij.'

'Bang voor u? Waarom?'

'Omdat ik een vreemde ben. Leuke naam trouwens, Piet.'

'Ja?'

'Ja. Zo prettig ouderwets. En doodgewoon.'

'Soms houd ik van doodgewoon. Niet altijd. Maar ik kan me niet voorstellen dat Piet anders zou heten dan Piet. Hij ís hartstikke doodgewoon.'

Ze heeft een ernstige manier van praten, aandachtig.

'Zie je, daar zit hij!' Ze wijst naast het schuurtje achter in de tuin. 'Piet! Kan meneer niet gewoon komen als hij wordt geroepen? Moet meneer net doen of hij doof is?'

De hond staat langzaam op en loopt op haar toe, aarzelend, zoals honden wel vaker doen als ze niet weten of ze een standje krijgen of niet.

Vera blijft staan, streng, maar ik zie een lach in haar mondhoeken.

'Ik wilde net een glas wijn inschenken. Wil jij ook wat drinken?'

'Gezellig, maar geen wijn. Mijn vader doet me wat. Hier, Piet, en liggen! Heb je cola?'

'Dat weet ik niet. Ik ga even kijken.'

'Doe anders maar wat.'

Terwijl ik naar de keuken loop, voel ik warme triomf in me wellen: ze gaat niet meteen weg, ik ben niet iemand met wie ze niets te maken wil hebben, hoe makkelijk had ze kunnen zeggen dat ze weer naar huis moest. In een van de kastjes onder het aanrecht staan twee flessen cola.

'Light of gewoon?' roep ik.

'Gewoon natuurlijk!'

'IJs?'

'Graag.'

Ik vraag me af wat ik moet met de tintelende onrust die me overkomt. Ik wil niets met haar, natuurlijk niet, ondenkbaar, maar ik hecht aan haar aanwezigheid, ik weet niet waarom, het is iets teers, iets troostrijks. En er is nog meer, iets wat met mij te maken heeft. Ik kijk naar haar en denk aan de gelukkige momenten in mijn leven. Dat waren er veel, maar altijd kleine en kortdurende, meestal onmiddellijk weer vergeetbaar, maar telkens bleef er iets hangen, als honing aan een raat, een laag in me, misschien wel de kern van mijn leven waaruit ik onder meer mijn gevoeligheid put voor weer nieuwe kleine en kortdurende momenten die allemaal bij elkaar de zin zijn van wat ik gedaan heb en nog zal doen, van alles wat ik meemaakte en nog zal meemaken.

Ik zet glazen neer.

'Lekker,' zegt Vera. Ze heeft smalle handen. Zou ze een instrument bespelen? Hoe oud is ze?

'Ben je alleen?' vraagt ze.

Ik knik.

'Vind je dat erg?'

'Nee. Toen ik zo oud was als jij dacht ik dat ik dat erg zou vinden, maar ik vind het niet.'

'Waarom niet?'

'Waarom niet? Een groot deel van mijn kindertijd speelde ik alleen. Dat weet ik nog goed. Ik vond dat prettig.'

'Prettig?'

'Fijn, ik vond het fijn. Als je met anderen was moest je altijd met die anderen rekening houden en ze wilden ook altijd iets van jou. Niet dat ik dat erg vond, maar weet je, ik vond het leven zo...' Ik ga zeggen wat ik vond terwijl ik er toen niet bij stilstond dat ik dat vond, ik begreep later pas wat het was. 'Ja, ik vond het leven zo vol, er overkwam me zo veel, ik weet niet eens of dat zo was, maar dat gevoel had ik, het was veel en ik wilde dat het liefst in mijn eentje beleven. Met anderen moest je erover praten of moest je iets gaan dóén waarin je op dat moment helemaal geen zin had, omdat je zo bezig was met wat er allemaal gebeurde. Ik vind het leven nog steeds vol. Soms vraag ik me af wat er veranderd is, behalve dat ik beter heb leren nadenken.'

'Hoe leer je nadenken?' Ze stelt dezelfde vraag als ik, ooit.

'Dat weet ik niet. Misschien leef je daarom wel, om dat te leren. Ben jij vaak alleen?'

'Het liefst wel. Er zijn altijd veel mensen bij ons thuis. De hele dag is er bezoek. Ik loop veel met Piet.'

'Praat je ook tegen Piet?'

'Ja, natuurlijk.' Ze zwijgt en kijkt geconcentreerd naar de hond, die slapend in het gras ligt.

Dan staat ze op.

'Ik moet gaan, ik heb mama beloofd te helpen met de barbecue.'

'Jullie gaan barbecuen.' Ik moet oppassen dat ik geen overbodige dingen zeg, ze mag niet in de gaten hebben dat ik haar zo lang mogelijk hier wil houden.

'Als je zin hebt, kom dan gerust langs,' zeg ik.

'Ja, natuurlijk.'

Ze loopt de tuin uit, de hond danst om haar heen.

Ze heeft tere wimpers.

De zomer is de zomer van Vera. Ze komt bijna dagelijks, ik vraag of haar ouders dat goed vinden, ze zegt dat het haar ouders niet kan schelen, dat ze het helemaal zelf moet weten, dat het háár vakantie is.

Ik heb ze nog maar twee keer gezien, ja, ik zie ze weleens in een auto stappen of opgehaald worden, maar ik bedoel dat ik in nabijheid was. Eén keer was ik bij een barbecue, ze barbecuen vrijwel iedere avond als ze thuis zijn, wat niet vaak voorkomt, maar toen waren er nog een stuk of dertig mensen, allemaal afkomstig uit de amusementswereld, waar nonchalant over geluk wordt gedacht. Alles draait om Beppe, in ieder gesprek speelt hij de hoofdrol, ook als hij er niet bij is. Niemand zegt Ricardo Mills, het is een voorrecht hem bij zijn echte naam te noemen. Olga, de vrouw van Beppe, is op de wereld om dienstbaar te zijn, wat ze bijna gretig doet. Zij is er voor ieders welbevinden. Niemand zegt Olga, iedereen noemt haar Pintje, de naam die Beppe haar gaf op de avond dat hij haar voor het eerst ontmoette, op een camping bij IJmuiden, ze waren allebei vijftien jaar. Ik vroeg aan Beppe waarom. Hij vroeg of ik dat niet kon zien: 'Een goudblond mokkeltje waarvan je geen genoeg kan krijgen.'

De andere keer dat ik ze wat langer sprak was toen ik op een nacht in een stoel voor het huis zat. Het was al na tweeën. Een taxi bracht hen thuis, ze golfden uit de auto. De taxi reed weg. Pintje ging op straat zitten, haar armen over haar onderbenen geslagen, Beppe bleef staan, hij hield een radio op zijn schouder geklemd waaruit de befaamde *Canon* van Pachelbel klonk. Die was bijna afgelopen, Beppe drukte op een knop en daar klonk hij opnieuw, het was geen radio maar een cd-speler. Het tafereel ontroerde me een beetje, ook omdat ze zich niet bewogen, ze luisterden alleen maar. Ik moest mijn aanwezigheid kenbaar maken, ik stond op. Beppe en Pintje zagen me tegelijkertijd, ze zwaaiden, langzaam, bijna waardig, waarschijnlijk in de ban van de compositie van Pachelbel. Ik liep naar ze toe. Even leek het of het de gewoonste zaak van de wereld was dat we elkaar daar en op dat tijdstip troffen.

'Weet je,' zei Beppe. 'Wij aten dus in een restaurant, met ongeveer de hele platenmaatschappij, ja, de hele platenmaatschappij en omstreken...' Hij sprak slepend, met looiige nadrukkelijkheid. 'Heel veel mensen, hóór je, heel veel mensen. En ineens hoor ik dit.' Hij slaat hard op de geluidsdrager op zijn schouder. 'Het klonk ver weg. Achtergrondmuziek. Het woord zegt het al, op de achtergrond dus. Ik ga staan. Ik zeg: iedereen koppen dicht! En ik roep die ober. Ik zeg: ik wil dit heel hárd horen. En hij doet natuurlijk wat ik zeg. Mensen gaan weer praten en ik roep weer dat iedereen z'n kop moet houden. Ik eis dat we allemaal luisteren. Ik had het weleens gehoord, natuurlijk, maar er nog nooit écht naar geluisterd. Maar nu wel. Vanavond wel. Als het afgelopen is...' Hij schudde zijn hoofd.

'Je moest huilen.' Het was het eerste wat Pintje zei. Ze praatte hoger dan anders. 'Zeg het nu maar gewoon tegen Robert. Je moest huilen. Ik vond het niet erg. Ik schaamde me helemaal niet of zo.'

'Waarom zou je je ook schamen? Waarom zou je je schamen als iemand eerlijk is? En als mensen huilen zijn ze eerlijk. Ik zei dat ik die cd wilde kopen, metéén. En tegen een van die piepeltjes van de platenmaatschappij zeg ik dat ik een cd-speler wil hebben voor de terugweg, kan niet schelen waar hij die vandaan haalde. Ken jij het?'

Ik zei dat ik het kende.

'Mooi of niet mooi?' vroeg Beppe.

'Mooi,' zei ik.

'Erg mooi of heel erg mooi?'

'Heel erg mooi.'

'Ik geloof niet dat ik iets mooiers ken. Ik moet er iets mee doen, maar ik weet niet wat.'

'Denk aan je publiek, Bep,' zei Pintje.

Beppe knikte. En huilde weer.

'Veer heeft het leuk bij je,' zei Pintje. 'Dat heeft ze nu al een paar keer gezegd. Je bent een aardige man, zegt ze. Het doet haar goed, zegt ze. Ze wordt er ontspannen van, zegt ze. Het was een moeilijk jaar voor haar. Op school dan. Ze was over haar toeren, geloof ik. Maar bij jou wordt ze weer ontspannen. Dat heb je toch ook gehoord, Bep?'

Beppe had zijn ogen gesloten. Hij had weer op de repeat-knop gedrukt. Zwijgend bewoog hij zijn bovenlichaam op de befaamde klaagzang.

'Wij vinden het fijn,' zei Pintje. 'Ik dacht: als ik je zie moet ik je dat toch even zeggen. Wij vinden het fijn.'

Ik zei dat ik mijn bed maar eens opzocht.

Toen ik de lichten op de benedenverdieping had uitgedaan en naar buiten keek, zag ik dat Beppe en Pintje ook naar binnen waren gegaan. Het was net alsof de *Canon* van Pachelbel nog in de nacht was blijven hangen, wachtend op weer nieuwe oren, op toevallige passanten in deze lauwe zomernacht.

Soms zit ze alleen maar tegenover me, ze leest een boek of ze tekent, soms ligt ze in het gras, op haar rug, naast haar hond Piet, ze kijkt naar de hemel. Natuurlijk praten we vaak, ze vraagt mij wat, ik vraag wat aan haar. We schelen ruim dertig jaar, ze wordt binnenkort veertien, ik merk het leeftijdsverschil vooral als ik het heb over gebeurtenissen en namen uit de tijd dat ze er nog niet was, en dat was een groot stuk van mijn leven. Ik ben ervan overtuigd dat je je in je leven bewust bent van mensen die je nog niet kent, maar die je nog zult ontmoeten, meestal onverwacht. Hoe het zit met dat bewustzijn weet ik niet, signalen in dromen, in gedachten die je niet kunt benoemen, die signalen zijn er. Ik vraag me af wanneer Vera er voor het eerst was, vanuit de verte.

'Waar ben jij het meest bang voor?' Zo'n vraag.

'Ik weet het niet,' zeg ik.

'Natuurlijk weet je dat wel.'

'Ik weet het echt niet.'

'Dan moet je dat te weten zien te komen. Daar moet je over nadenken. Je zegt toch dat je vaak nadenkt. Hierover moet je ook nadenken.'

'Ik zal het doen.'

'Nu. Je moet het nu doen.'

'Waarvoor jij?'

'Jij eerst.'

Met vragen die ik aan haar stel kan ze ook moeite hebben. Bijvoorbeeld waarom ze steeds minder graag thuis is, hoewel dat misschien normaal is op haar leeftijd.

'Omdat ik zo graag anders wil leven. En ik weet dat het nog lang duurt voordat dat kan, voordat ik met dat leven kan beginnen.'

'Hoe anders?'

'Ik wil het zelf allemaal doen.'

'Hoe bedoel je dat?'

'Papa zegt heel vaak dat hij wórdt geleefd. Ik begreep eerst niet wat hij daarmee bedoelde, maar toen ik het snapte, wist ik zeker dat ik dat nooit wilde. Volgens mij worden heel veel mensen geleefd, niet zoals papa, maar gewoon door wat ze moeten, door wat ze allemaal moeten.'

'Vind je het erg iets te moeten?'

'Alleen als ik het zelf wil.'

Als Vera een gesprek ineens te vol vindt, staat ze resoluut op en begint door de tuin te waaien: ze spreidt haar armen en draait in zwierig tempo rondjes over het grasveld, totdat ze niet meer kan en op de grond gaat liggen, op haar buik.

Er staat me een beeld scherp bij waardoor ik plotseling mijn fascinatie voor haar begreep. Ze ligt op haar buik, ze hijgt, ze kijkt naar me, ze lacht, een glimlach uit duizenden, en ik zie wat ik nooit wil kwijtraken. Dat is het: dat ik het nooit wil kwijtraken, zonder dat ik duidelijk kan maken wat het is, en als ik het wel kon, zou ik het niet willen. Het is in mij en zorgt ervoor dat heel veel me niet kan schelen, alles wat lelijk is of te gewichtig of schraal of verstorend.

Natuurlijk weet ik ook wel dat ik dit ooit gelezen heb en daarna telkens opnieuw, maar ik wist zeker dat het mij nooit zou overkomen. Veel van wat je leest wel, maar dit nooit, maar het bestaat. Alles wat verzonnen is, wordt echt, op een dag, het is niet voor niets verzonnen.

Waar ik het bangst voor ben is dat ik niet meer weet wat ik doe. Ik vraag of ik dat uit moet leggen. Dat hoeft niet. 'Echt het ergste van alles?' 'Ja. Pijn vind ik ook erg. Of opgesloten zitten. Of weten dat je doodgaat. Maar je kunt nog altijd iets doen, al was het alleen maar in gedachten.'

Wist ik wat ik deed door zo met Vera om te gaan?

Het is een van de warmste dagen van deze zomer, van die klamme warmte waarvan je onrustig wordt. Pas in de koelte van de nacht voel ik me kalm worden. In bed luister ik naar Bach, cello, en blader wat door tijdschriften. En ineens is er iets aan de hand. Ik zet de muziek uit en luister naar de volstrekte stilte in en rond het huis, een stilte die zo stil is dat die nooit lang kan duren. Dan maakt zich uit die stilte iets los, een zacht ruisend geluid, een fluisterende beweging. Ik weet dat het Vera is, de tuindeuren staan open. Ik blijf liggen, ze staat voor de deur van de slaapkamer, ik weet het zeker, ik hoor haar ademhaling niet maar toch hoor ik haar ademen. Waarom blijft ze daar staan?

Ik noem haar naam, niet hard of uitnodigend, nee, alsof ze al in de kamer is. Dan opent ze de deur, ze heeft hetzelfde aan als waarin ik haar vandaag eerder zag, even, want ze ging zwemmen met een klasgenoot, in het ven hier niet zo ver vandaan, een witte tennisbroek en een groen T-shirt met daarop het silhouet van Kylie Minogue.

'Vind je het erg?' vraagt ze.

Ik moet over het antwoord op deze vraag nadenken.

'Dat ik zo laat nog kom?' zegt ze.

'Nee.'

'Mijn ouders zijn weg, komen waarschijnlijk niet thuis vannacht, en Piet is bij de dokter.'

'Bij de dokter?'

'Ja, we hadden hem meegenomen naar het ven, Piet houdt van zwemmen, maar hij kent zijn grenzen niet, hij weet van geen ophouden. Ineens is dan al zijn energie verdwenen en krijgt hij hoge koorts, ik ken dat wel, maar hij was er vanmiddag toch zo erg aan toe dat mama en ik met hem naar de dierenarts zijn gegaan. Die wilde hem voor de zekerheid een nachtje houden. Hij vond de koorts wel erg hoog. Maar er is niks aan de hand. Er is helemaal niks aan de hand. Morgen kan ik hem weer ophalen, ik weet het zeker.'

'Gelukkig,' zeg ik.

Ze knikt.

'Ik wil bij je liggen.'

'Weet je dat zeker?'

'Anders zei ik het toch niet.'

'Maar Vera...'

'Ik wist dat je dat zou zeggen: maar Vera. Maar wat nou "maar Vera"? Wat geeft het nou?'

Ze trekt het laken weg van mijn naakte lichaam, kijkt daar even naar en gaat dan tegen me aan liggen, haar hoofd op mijn borst. Ik ruik zoete shampoo, haar linkerarm over mijn buik, haar linkerbeen over mijn bovenbenen. Ik moet me hardop afvragen of dit wel zo verstandig is, maar toen ik zo oud was als Vera had ik een bloedhekel aan verstandig, je moest het heel vaak zijn, dwingend werd het je toegeroepen: 'Wees nu eens verstandig!' Ik moet zeggen dat het beter is dat ze naar huis gaat, maar waarom is het beter?

'Je ligt te denken,' zegt ze.

'Ja.'

'Waarover?'

'Over ons natuurlijk.'

Ze drukt haar lippen op mijn borst.

'Het is toch heel teer zo,' zegt ze.

'Teer.' Ik blaas zacht tegen haar tere wimpers. Ze lacht.

'Wat zullen je ouders ervan denken?'

'Moeten we nu gaan bedenken wat ze zouden kunnen denken terwijl ze er niet eens over denken? Wanneer ga je weg?'

'Over twee weken.'

'O, nog twee weken. Zien we elkaar daarna nog?'

'Dat kan.'

'Maar niet zo vaak als nu natuurlijk.'

'Nee.'

'Maar stel dat we elkaar niet meer zien, dat kán, stel dat

dat zo is, zul je me niet vergeten? Ik zal jou niet vergeten, nooit. We zijn deze zomer bij elkaar geweest. Zo heb ik dat gevoeld, dat ik bij je was. Dat was ook genoeg, bij je zijn.'

'Ik zal je niet vergeten. Dat beloof ik.'

'Maar als je me wél vergeet, weet je ook niet meer dat je beloofde dat niet te doen.'

'Ik zal je nooit vergeten.'

'Goed.'

'Ik...'

'Nee, niets meer zeggen. Dat is toch mooi dat we elkaar niet vergeten.'

Ik wil haar kussen, maar houd me in.

We zijn in slaap gevallen, het is bijna half zes als we weer wakker worden. Blauw licht, vogels.

'Vera.'

Ze kijkt me aan, met innige verbazing.

'Het is beter dat je gaat. Stel dat je ouders toch thuiskomen.'

'Ja. Ik kom vanmiddag weer terug. Met Piet natuurlijk.'

'Natuurlijk.'

Even voel ik haar lippen op de mijne, een fractie van een seconde. En ineens is ze weg. Ik hoor haar de trap af rennen, de voordeur openen, ik spring uit bed en loop naar het raam, ik wil zwaaien alsof ik dit afscheid niet verdraag, maar ze kijkt niet om, ze staat in het licht van de koplampen van de taxi waaruit haar ouders stappen.

Het duurt tien minuten, misschien een kwartier, en dan staat Beppe voor de deur. Ik heb op hem gerekend, ik heb me aangekleed. Hij duwt me naar binnen.

'Ik kan het uitleggen,' zeg ik.

'Uitleggen? Uitleggen? Wat valt er uit te leggen. Jij denkt zeker dat als er iets uit te leggen valt, het dan wel oké is. Maar zo zit het niet. Ik kan niet uitleggen wat er precies door me heen gaat, maar er gaat wel veel door me heen. En daar wil ik iets over zeggen.'

We staan nu in de woonkamer tegenover elkaar. Aan Beppe is goed te zien dat hij zich tot het uiterste moet inspannen zich te beheersen. Ik denk dat hij me in elkaar wil slaan.

'Mag ik vragen wat de bedoeling is? Wat wil je met mijn dochter?'

'Niets. Geloof me.'

'Niets. Wat vreemd dan dat ze hier de nacht doorbrengt.'

'Maar geloof me Beppe, er is niets gebeurd.'

'Niets gebeurd? Ze heeft hier de nacht doorgebracht. Niets gebeurd?'

'Maar je moet niet denken...'

'Ik bepaal zelf wat ik moet denken en wat niet. Dat heb ik altijd gedaan en daar ben ik heel ver mee gekomen, dank je. Weet je wat hier aan de hand is? Jij kijkt op ons neer, op Pintje en mij, op ons soort mensen. Want als je niet op ons neerkeek, zou je dit soort dingen niet doen.'

'Maar ik heb niks gedaan!'

'Je hebt niks gedaan? Nee, je hebt niet gedaan wat je had moeten doen, namelijk tegen haar zeggen dat ze als de bliksem naar haar eigen bed moest gaan. Ik heb gehoord hoe het is gegaan. Dat heeft ze verteld. En weet je, ik geloof haar. Ze is mijn dochter. En ik heb een dochter die ik geloof. Ik geloof ook wel dat er, zoals jij dat noemt, niets is gebeurd, maar omdat je niet zei dat ze onmiddellijk naar huis moest, is er wel iets gebeurd. Vind ik. Is mijn mening.'

Ik wil iets zeggen, maar Beppe gebaart woedend dat ik dit niet in mijn hoofd moet halen.

'Ik wil één ding zeggen. Wat je precies in gedachten hebt met mijn dochter, ik wil het niet weten. Wat je met haar van plan bent, ik wil het niet weten. Maar wat ik wel weet is dat wanneer je ook nog maar één keer naar haar kijkt en ik zíé dat, dat ik dan je volkomen aan flarden rag, geloof me, dat dóé ik. Ik ben al blij voor jou dat ik me nu kan beheersen, ik snap niet hoe het kan. En ik wil nog één ding van je weten: of dat duidelijk is?'

'Ja.'

Beppe wijst naar me, hij is nog niet klaar, maar dan draait hij zich om en beent het huis uit.

Misschien had ik moeten weggaan, Andrea bellen, zeggen wat er was gebeurd en dan weg van hier, maar ik vond dat een capitulatie waarmee ik geen vrede zou hebben. Ik snapte Beppe wel, maar ik rekende mezelf niets aan, waarom zou ik?

In die twee weken zag ik Vera nog drie keer. Twee keer terwijl ze met Piet wandelde aan de overkant van de straat, ze keek niet mijn kant op, en de laatste keer was toen ze werd opgehaald door een vrouw en een meisje van haar leeftijd. Op de achterbank zag ik vakantiebagage. Die auto keek ik na.

Beppe en Pintje zag ik ook soms, maar ze deden net alsof het huis waarop ik paste, niet bestond. Alsof daar een lege plek was die er altijd al was geweest.

Tien jaar geleden.

Vera zag ik niet meer. Ik dacht vaak aan haar, en niet alleen als ik toevallig naar een televisieprogramma keek waarin Beppe optrad. Ik kwam hem nooit tegen in een televisiestudio, tot mijn opluchting. De laatste jaren werk ik soms mee aan programma's waar hij ook in zou kunnen zitten. In het huis van Andrea ben ik niet meer geweest. Ik werk niet meer met haar samen en ons contact verwaterde. Ik zie dus ook niet meer de ogen die Vera kunnen zien.

Ik heb me vaak afgevraagd wat Vera en ik tegen elkaar zouden zeggen als we elkaar weer tegenkwamen.

Na een half uur belt Beppe.
'Is hij weg?' vraagt hij. Zijn stem klinkt anders, milder, maar misschien hoop ik dat alleen maar.
'Wie?'
'De man van de belasting.'
'O, die. Ja.'

'Je gaat me een eerlijk antwoord geven: is Vera bij je geweest?'

'Ik geef je een eerlijk antwoord: nee.'

'Ik wil helemaal niet met je praten, maar ik moet, want misschien komt ze. Ze is het huis uit gegaan.'

Hij zwijgt. Het huis uit gegaan? Hij heeft geen zin met me te praten, maar hij moet. Ik moet hem helpen.

'Hoe bedoel je?'

'Wat ik zeg. Vera woont hier bij ons. We zijn een familie, hoor je dat, één familie. De laatste jaren werkt ze met ons mee. Met mijn bedrijf, begrijp je. Ze doet mee aan pr. Met plezier, hoor je, met plezier. En ineens, eergisteren, zegt ze: ik kap ermee. We zitten iets te drinken, Pintje en ik. Ik doe het even rustig aan. De komende zomertoernee, begrijp je. We zitten iets te drinken, komt ze de kamer binnen, ze gaat niet zitten, ze kijkt ons aan en zegt: ik kap ermee. Wij zitten daar met de bek vol tanden. Ze zegt: ik ga iets van mijn leven maken. En dan gaat ze. Pintje zegt dat ze overstuur is, ze zegt: die is er straks weer. Je moet begrijpen dat ze soms... ik weet niet hoe ik dat duidelijk kan maken, ze is snel in de war, woedeaanvallen, dat soort dingen, huilen. Goed, we zeggen tegen elkaar: die is er zo weer. Pintje gaat even naar haar kamer. En even later zegt ze dat er op haar bed een interview ligt.'

'Wat voor interview?'

'Doet dat ertoe? "Blussen zonder water", staat erboven. Zegt je dat iets?'

'Ja, stond een paar dagen geleden in de krant.'

'En ineens zegt Pintje: daar is ze heen. Naar jou dus. Maar dat is niet zo?'

'Nee.'

'Luister, je bent me iets verschuldigd. Als ze bij jou komt, áls, dan bel je mij of laat je haar mij bellen. Ik kan niet naar de politie gaan, want voor je het weet staat het allemaal in de bladen. Heb ik geen zin in. Moeten ze haar ook niet aandoen.'

'Ze is pas twee dagen weg, Beppe.'

'Pas twee dagen? Twee dagen zijn twee dagen. Is nog nooit voorgekomen, nog nooit.'

'Kan ze niet naar een vriend of vriendin zijn gegaan?'

'Die heeft ze niet. Ze heeft ons, ze heeft het bedrijf.'

'En kan ze niet, maar ja, dat is een erg zwart scenario, kan ze niet...'

'Ik weet wat je wilt zeggen. Nee, want dan zegt ze niet dat ze weggaat.'

'Je hebt gelijk.'

'Je bent me iets verschuldigd. Dus als ze naar jou komt, bel jij of zij belt. Aan die afspraak houd ik je.'

Beppe verbreekt de verbinding.

Komt Vera naar me toe?

Dat niemand je kan helpen

Een paar dagen na het telefoontje van Beppe, waarover ik minder nadacht dan over de mogelijkheid dat Vera inderdaad naar me toe zou kunnen komen, word ik verontrust wakker en dat komt niet door een droom. Er is iets aan de hand wat ik niet meteen kan duiden. Ik stap uit bed en loop door mijn woning, één ruimte waarin ik alles doe. Ik probeer er orde in te houden en ben er gevoelig voor als die orde wordt verstoord, wat soms voorkomt als er bezoek is geweest, wat niet zo vaak gebeurt, ja Lenny komt weleens langs en Paula laatst, onverwacht. Ze was onrustig toen, zei dat ze het gevoel had dat er iets mis met me was, ze wilde niet eens gaan zitten, maar pakte hier en daar een boek uit de kast, ruimde wat op, dingen die volgens mij helemaal niet opgeruimd hoefden te worden, bekeek een stapeltje met van alles dat op de tafel voor het raam lag, en drong er bij het afscheid op aan dat ik haar moest bellen als ik het gevoel had dat ze me ergens mee kon helpen.

'Je kunt me nergens mee helpen,' had ik gezegd.

'Typisch jij weer,' zei Paula. 'Altijd maar denken dat niemand je kan helpen.'

We spraken af binnenkort samen te eten.

Toen ze weg was ging ik na of alles hetzelfde was als voor haar komst.

Deze ochtend stel ik vast dat alles in mijn woning is zoals het moet zijn.

Dan loop ik naar mijn balkon, ik open de deuren en kijk het park in. Ik weet zeker: daar is Vera ergens. Ze weet waar ik woon, daar moet ze makkelijk achter zijn gekomen, ze staat op het punt bij me aan te bellen, maar dat doet ze nog niet, ze kan het misschien niet. Misschien wil ze alleen maar laten weten dat ze in de buurt is.

Dat gevoel laat me niet los, ook later die dag niet, als ik een boodschap ga doen. Iets in mij dwingt me om vooral niet om te kijken, want dan breng ik een gang van zaken in de war. Vera moet de kans krijgen alles te doen zoals zij dat wil doen.

Als ik 's avonds uit een restaurant in mijn buurt kom, ga ik in het park op een bank zitten. Daar wacht ik een minuut of twintig, terwijl ik mijn best doe naar niets of niemand speciaal te kijken. Het is donker als ik weer in mijn huis ben.

Ik doe het licht aan en ga op bed liggen. Naast het bed ligt een aantekenboekje van mijn vader. Mijn moeder gaf het me een paar dagen geleden. We waren bij hem op bezoek geweest.

'Zijn toestand is stabiel,' zei de zaalarts.

We keken naar mijn vader, mijn moeder schudde haar hoofd.

'Ik geloof er niets van,' zei ze met pijn in haar stem. Wat is in dit stadium stabiel? vroeg ik me af. Een toestand tussen twee gebeurtenissen in? Wat is dat voor een toestand?

Hij sliep, soms opende hij zijn ogen even, maar hij leek zich niet van onze aanwezigheid bewust. Een van mijn zusjes kwam ook nog, zei hard in zijn oor dat ze er was, maar het drong duidelijk niet tot hem door.

Ik sla het aantekenboekje open en lees een gedicht of een fragment van een gedicht dat mijn vader heeft overgeschreven:

Wie zijn leven niet heeft vertrapt,
zal zich nooit van de pijn bevrijden.
In de schaduw ben ik een hagelwit papier
dat God beschrijven gaat.

Geen idee van wie het is, ik neem niet aan van hemzelf, mijn vader schreef geen gedichten. Ik blader het boekje door, het zijn vooral citaten uit kranten en tijdschriften, uitspraken die hem opvielen, woorden die hij gebruiken kan in artikelen die hij tot voor kort nog schreef, het lukt me niet me hierin te verdiepen, dat is iets voor later, voor wanneer hij er niet meer is en ik de rest van mijn leven dikwijls over hem ga nadenken.

Van welke pijn moeten Vera en ik ons bevrijden? Van het moment in ons leven waarop we elkaar gezien hebben? Van wat we deelden zonder dat we konden zeggen wat dat was, hoewel ik wel denk te weten wat het betekende: het moment waarop alles verandert zonder dat je begrijpt wat het is en hoe dat gaat.

Ergens in de tijd

Het meeste van het weinige werk van de Franse schilder Julien Homais fascineert me. Het heeft me altijd verbaasd dat hij relatief onbekend is gebleven. Ik kwam hem toevallig tegen toen ik tijdens mijn studie een referaat schreef over Courbet. In een Spaanse studie over Courbets befaamde schilderij Het atelier las ik zijn naam in een voetnoot. Wat het was wat mijn aandacht trok weet ik niet meer, natuurlijk niet dat hij een tijdgenoot van Courbet was, maar ik besloot meer over hem te weten te komen en later dat jaar bezocht ik zijn geboortestad Reims, waar in een buitenwijk in een tamelijk onbeduidend gebouw een permanente tentoonstelling van zijn belangrijkste werk te zien is. Ik had alleen wat over hem gelézen, korte slordige beschouwingen, zijn werk kende ik nauwelijks. In die beschouwingen werd telkens de bedrieglijkheid van zijn realisme benadrukt, alledaagse taferelen die door een vreemd detail dromen bleken. Verder ging het vooral over zijn destructieve leefwijze en zelfgekozen dood op achtentwintigjarige leeftijd.

Ik was de enige bezoeker. De suppoost of beheerder zat in de hal te slapen, zijn hoofd op een kleine balie. Het entreegeld legde ik zacht naast dat hoofd, ik meende dat er een grommend geluid uit kwam.

Ik vond de taferelen die Homais had geschilderd helemaal niet alledaags, al was het alleen maar omdat ze gesitueerd waren in lege stadslandschappen waarin een strakke orde opviel, iets wat bij schilders uit die tijd ongebruikelijk was. Op ieder schilderij waren twee of drie mensen te zien die samen met iets bezig waren, een transactie, een ontmoeting, hulpverlening, maar het interessante vond ik dat het leek of ze niets met elkaar te maken hadden: twee mannen gaven elkaar een hand zonder zich van elkaars aanwezigheid bewust te zijn. Ik snapte niet hoe Homais dat voor elkaar had gekregen. Ieder contact, om het zo maar eens te noemen, was van een dwingende spanning. Op het schilderij dat ik het langst bekeek, stonden aan weerszijden van de straat een man en een vrouw, op het punt over te steken om naar elkaar toe te gaan, maar wat dit onwaarschijnlijk maakte was dat de vrouw schreeuwde, niet hysterisch of om een waarschuwing te geven, nee, van ontzetting.

Toen ik na een uur het kleine museum verliet, maakte ik de suppoost of beheerder wakker en vroeg of er een boek over Homais te koop was of briefkaarten met reproducties. De man keek me verbijsterd en ook angstig aan, zei dat hij even navraag zou doen en verdween vervolgens door een deur achter hem. Na tien minuten was hij nog niet terug en ik koos ervoor het gebouw te verlaten.

Omdat ik nog altijd van plan ben iets aan Julien Homais te doen, was ik buitengewoon verrast toen ik las dat de Amerikaanse kunsthistorica Donna Marston, een eminent geleerde, een lezing kwam houden over *De dromen van Julien Homais* (1835-1863).

De lezing wordt gehouden in een klein theater waar nooit podiumkunsten bij te wonen zijn, maar wel vaak lezingen worden gehouden of openbare discussies. Het ligt aan een klein, door bomen omringd plein, waar verder vooral cafés en restaurants gevestigd zijn. De terrassen zijn vol op deze behaaglijke zomeravond. Op het midden van het pleintje spelen twee vrouwen gitaar en zingen vrij vals oude Franse liedjes.

Er zijn maar drie belangstellenden op de lezing afgekomen.

'Het is te warm vanavond,' zegt de vrouw die de kaartjes verkoopt, duidelijk een vrijwilligster want ze weet niet goed wat ze moet doen als ik om een kaartje heb gevraagd. 'En geef ze eens ongelijk.' Haar glimlach heeft het begin van een schreeuw, met krampachtig opengesperde lippen.

'Misschien moet ik ze wel ongelijk geven,' zeg ik.

'Ik ken u,' zegt de vrouw. 'U was laatst op televisie.

Kom, niets zeggen, ik kan even niet op de naam komen, niets zeggen.'

Ik zeg niets, ik heb bezwaar tegen dit soort situaties, maar ze horen erbij, zoals dat heet. Arrogantie komt je duur te staan.

'Die quiz,' zegt de vrouw. 'Nee, dat spelletje, hoe heet het?'

'Misschien *Weten en Weetjes?*' help ik haar.

'*Weten en Weetjes*, ja! U bent van *Weten en Weetjes*! Wat hartstikke leuk. Mag ik uw handtekening? Mijn man verzamelt handtekeningen.'

Ze zoekt in een la een papiertje. Daar zet ik mijn handtekening op. Als ze daarnaar kijkt zegt ze: 'Ik dacht dat u Donald van Prettingen was.'

'Ik ben Donald niet.'

Daar ben ik blij om. Ik volg de andere twee bezoekers naar het zaaltje waar Donna Marston al klaar staat. Boven haar hoofd is het schilderij geprojecteerd dat me in Reims zo bezighield, de man en de vrouw aan weerszijden van de straat. Ik dacht er nog vaak aan. Ik ga schuin achter een vrouw zitten in dunne witte kleren. Ze ziet er jong uit, terwijl ze dat volgens mij niet is. Ze heeft lange bruine benen. De andere belangstellende, een man met zijn rechterarm in een mitella, is vlak voor Donna Marston gaan zitten. Hij zegt iets tegen haar en wijst naar zijn oren. Donna Marston knikt. Alles aan haar is breed, haar haar is gemillimeterd, ze draagt een lichtbruin pak.

Wat ik natuurlijk niet had kunnen weten is dat de

kunsthistorica stottert, maar ze maakt niet de indruk daar last van te hebben. Ik vind het aantrekkelijk.

Haar lezing duurt niet lang en valt tegen, het is vooral een biografisch verhaal, wat op zichzelf interessant is aangezien ik weinig van Homais weet, maar ik wil haar zo graag over het werk horen, haar analyses spreken me altijd zeer aan, maar daar komt ze pas de laatste tien minuten aan toe. Het schilderij boven haar hoofd maakt dan plaats voor andere schilderijen en ze verbindt het verontrustende ervan aan de opvattingen die Homais had over het selectieve van het geheugen. Ik kan haar niet helemaal volgen en als ze afsluit en zegt dat er helaas geen tijd voor vragen is omdat ze dadelijk met het vliegtuig naar Milaan moet, kijkt ze gejaagd op haar horloge, het spijt haar zeer. Mij ook.

Ik loop met de vrouw in de witte jurk naar buiten en vraag haar hoe ze het werk van Homais kent.

'Dat ken ik niet, maar ik loop hier vaker zomaar naar binnen, ook als ik niet weet waar de lezing over gaat.' Haar stem is vriendelijk, er zit een lach in, net als in haar ogen. 'Ik laat me graag verrassen. Hoe vond je het?'

'Snapte jij dat laatste?'

'Nee, maar ik snap vaak het meeste niet meteen. Ik moet er altijd even over nadenken. Het kan best zijn dat ik het vanavond in bed ineens snap. Zal ik me even voorstellen? Louise Koning.' Ze geeft me een hand.

'Robert van Noorden.'

'Dat weet ik. Ik zie je weleens op tv, vorige week nog, in

die discussie over onze liegende minister-president. Je bent toch kunsthistoricus?'

'Ik geloof het wel.'

'Soms denk ik: ik wil je best graag eens over kunst horen. Van de andere kant, ik vond je wel sterk toen je het had over, hoe noemde je het ook alweer, ja, de last van leugens.'

'Zei ik dat zo? Zullen we iets drinken?' Ik wijs naar een terras waar achteraan twee stoelen vrij zijn.

'Zie je, ik laat me graag verrassen.'

Ik mag Louise Koning. Ze is lang, ze heeft iets sjieks en slordigs tegelijk, ze heeft een gezicht waar ik graag naar kijk, met enthousiaste ogen die alles willen zien, een spottende mond.

'En wat doe jij?' vraag ik als ik twee witte wijn heb besteld.

'Ik ben actrice, maar ja, op mijn leeftijd kun je dat net zo goed niet zijn. Ik ben te huur voor bedrijven, instellingen en zo. Rollenspelen. Daar ben ik blijkbaar goed in, want ik heb werk genoeg.'

'Hoezo, op jouw leeftijd?'

'Als je achtenvijftig bent, kun je het wel schudden.'

'Achtenvijftig?'

'Je moet niet zeggen dat ik er veel jonger uitzie, want dat heb ik iets te vaak gehoord en ik heb er zo weinig aan.'

'Maar je ziet er wel veel jonger uit.'

'Jaha.'

'In die rollenspelen worden mensen getraind. Dat begrijp ik toch goed?'

'Ja, vanochtend nog op de politieacademie. Ik heb vijf keer een vrouw door het lint gespeeld. Huisvredebreuk. Ze moesten leren op me in te praten.'

'Bevalt het?'

'Meestal wel. En jij? Bevalt het jou allemaal?'

'Niet allemaal, maar ik beschouw het maar als een bizar avontuur.'

'Ja, je hebt altijd wel veel praatjes. Meer dan nu, valt me op.'

Ze lacht en legt even haar hand op mijn onderarm.

'Ik specl ook een rol,' zeg ik. 'Van mij wordt verwacht dat ik overal iets over te zeggen heb, ik vraag me niet eens meer af of ik dat wel heb, ik dóé maar gewoon.'

'Het lukt je aardig.'

'Ach, ineens zal het afgelopen zijn. Kan over een jaar zijn, kan ook overmorgen zijn. En dan trek ik mooi de deur achter alles dicht en ben weg.'

'Hoezo, weg?'

'Ach, ik zeg weleens: geef mij een woonboot aan een klein watertje ergens in Noord-Holland en dan vind ik alles best. Ga ik daar lekker zitten met mijn boeken, misschien met een kat. Met mijn muziek. Misschien word ik dan weer kunsthistoricus, misschien ga ik weer publiceren.'

'Zorgeloos?'

'Zorgeloos.'

'Denk jij echt dat dat kan?'

De lach is ineens uit haar stem, haar mond ziet er een fractie van een seconde grimmig uit.

'Ik denk dat het kan,' zeg ik. 'Maar misschien is het alleen maar een verlangen, het verlangen dat het kan.'

'Jaja, een verlangen.' De lach is weer terug. 'En je bent alleen, begrijp ik.'

'Ja.'

'Waarom?'

'Ik wil niemand meer in de steek laten.'

'Wat een antwoord! Heb je dat dan zo vaak gedaan?'

'Nee, niet zo vaak, maar ik ben er onderhand tegen geworden: iemand in de steek laten.'

'Maar het hoeft toch niet. Je hoeft toch niet iemand in de steek te laten?'

'Het gebeurt. Het is onvermijdelijk. Je kunt hooguit doen alsof het niet gebeurt. Dat is de gebruikelijke gang van zaken. Aan de meeste mensen merk je toch dat ze elkaar in de steek hebben gelaten, terwijl ze nog samen zijn.'

'Wat een somberheid.'

'Zachtmoedigheid, zul je bedoelen! Als ik ervoor kies niemand in de steek te laten en dus alleen te leven, dan is dat zachtmoedig.'

Weer legt ze haar hand op mijn onderarm.

'Zo kun je het ook zien,' zegt ze. 'Maar je kunt het ook als levenskunst beschouwen als je bij elkaar bent en je best doet dat te blijven.'

'Net zoals iedere kunstenaar verschilt van de andere, als ze op elkaar lijken is minstens een van hen geen kunstenaar, is ook de ene levenskunstenaar anders dan de andere.'

'Ik heb het altijd een woord gevonden dat hoort bij ge-bral en gebraad, lévenskúnstenáár.'

'Jij begon. Ben jij alleen?'

Ze schudt haar hoofd. Dan: 'En nu ga jij vast zeggen dat ieder mens in wezen alleen is. Maar dan zeg ik dat ik ooit geloofde dat dit niet zo was.'

'En die droom werd uiteraard wreed verstoord.'

'Dat kun je wel zeggen.'

Ze zwijgt. De gitaar spelende zangeressen zijn geluk-kig allang weg. Een dikke jongen heeft zojuist zijn viool uit de kist gepakt en speelt nu *De lente* van Vivaldi.

'Zeg Robert van Noorden, ik moet ervandoor, ik vind het buitengewoon genoeglijk je eens ontmoet te hebben. En weet je wat ik denk? Ik denk dat we elkaar nog wel te-genkomen, ergens.'

'Dat denk ik ook. Ergens in de tijd.'

'Ergens in de tijd. We zijn voortdurend ergens in de tijd.'

'Ik vond het ook leuk jou te ontmoeten.'

'Dank je.' Dan staat ze op en loopt het terras af. Zon-der om te kijken steekt ze het pleintje over, knikt tegen de violist, aan de overkant verdwijnt ze in de duisternis van een smalle steeg.

Ik bestel nog een glas. Ik wil over Louise Koning na-denken.

Ik blijf nog een uur op het terras zitten. Ik zit er graag al-leen, te midden van leven waaraan ik niet deelneem, te midden van gesprekken die ik langs me heen kan laten gaan.

Als ik naar huis wandel, zie ik in gedachten de vrouw aan de overkant van de straat toen ik voor het eerst bij Daniëlle was geweest. Misschien is het toeval, misschien beeld ik het me in, misschien wil ik het me inbeelden, maar achteraf realiseer ik me dat het Louise Koning was. Misschien wil ik het wel, gadegeslagen worden, gevolgd worden, ik ben iemand die zich laat bekijken. Misschien ben ik in de war, misschien denk ik aan Vera, en is zij het, was zij het, aan de overkant van de straat, tegenover het huis van Daniëlle, ik weet niet meer hoe ze eruitziet; natuurlijk maak ik me een voorstelling van haar, ik denk ook dat ik dit kan, maar zeker weten doe ik het niet.

Het geheugen heeft woorden nodig

'Robert van Noorden, hoe gaat jouw geheugen met je om?' Madeleine Koerst kijkt me hoopvol aan. De vraag overvalt me, ik heb vannacht slecht geslapen, weer uit angst voor dromen, geloof ik, vandaag reageer ik op alles traag en verstrooid. Ik zit bovendien in *Van Vandaag* om over kunst te praten, vooral over de exorbitante prijzen die er soms, steeds vaker voor gevraagd worden, een onzinnig onderwerp, maar het gaat in ieder geval over kunst. Van tevoren zei Sjoukje Dresman, de andere presentatrice van het mateloos populaire actualiteitenprogramma, dat ik alsjeblieft ook over de andere onderwerpen mee mocht praten, maar terwijl de kenner van het geheugen naar aanleiding van zijn jongste boek aan het woord was, zakte ik een beetje weg, voelde me ook een beetje donker worden. 'Ik heb veel te veel donkere stemmingen,' zei ik gisteren tegen Daniëlle, die me adviseerde die met mijn ongrijpbare schuldgevoelens te verbinden. 'Hoe dan?' vroeg ik. 'Alsjeblieft, hoe dan?'

'Of sta je daar nooit bij stil?' vraagt Madeleine Koerst.

'Waar sta ik nooit bij stil?'

'Bij wat je geheugen met je doet?'

Wat mijn geheugen met mij doet. Oké, ik moet van wal steken.

'Mag ik een alledaags voorbeeld geven?' vraag ik.

'Hoe alledaagser hoe beter,' zegt Madeleine Koerst, die me de vorige keer dat ik te gast was, smeekte het allemaal zo begrijpelijk mogelijk te houden. 'Je kunt ons kijkers niet stom genoeg veronderstellen.'

'En mag ik het ook omdraaien?' vraag ik.

'Hoezo omdraaien?' Madeleine Koerst krijgt iets angstigs in haar ogen.

'Nou, wat ík met mijn geheugen doe?'

'Ja, graag. Ga alsjeblieft je gang. We hangen aan je lippen.'

Zie je, denk ik, het maakt allemaal niets uit, daarom kan ik me handhaven. 'Een simpel voorbeeld. Vorige week winkel ik in de supermarkt. Als ik weer naar huis loop, voel ik ineens in een bijtende flits paniek, wrede paniek, mag ik wel zeggen. En mijn hand, en het lijkt wel of mijn hersenen buiten mij om die hand besturen, mijn hand grijpt in mijn binnenzak: wáár is mijn portefeuille? Mijn geheugen, dat ik op dat moment niet beheers, regelt waarschijnlijk deze handeling van mijn hand.'

'Dus dan gaat je geheugen wel degelijk met jou om,'

zegt Madeleine Koerst met haar allervriendelijkste stem.
'Ja, het is of mijn geheugen zegt: je moet voortaan zelf
iets doen om me aan de gang te houden.'

'Dat begrijp ik niet.'

'Goed, ik ga aan het werk, ik probeer me situaties voor
de geest te halen waarin ik die dag heb verkeerd. En
ineens zíé ik mezelf staan, voor de kassa van de supermarkt. Ik zie mezelf mijn portefeuille voor me neerleg-
gen en er een pasje uit pakken. Ik zie mezelf vervolgens
weglopen en ook dat de portefeuille achterblijft, de caissière ziet dat niet, want die telefoneert. Wat doe ik? Ik
loop terug naar de supermarkt, naar de kassa, en het is
waar. Triomfantelijk houdt de caissière de portefeuille
omhoog.'

'Ze heeft dus onthouden dat jij het bent die de portefeuille vergat,' doet Madeleine Koerst een duit in het zak-
je.

'En ik neem me iets voor, namelijk dit: voortaan ga ik
die simpele alledaagse activiteiten verwoorden, in gedachten, maar wel degelijk in zinnen die ik ook zou kunnen uitspreken. Dus als ik de portefeuille in mijn binnenzak stop moet ik in gedachten zeggen: Ik Stop De
Portefeuille Nu In Mijn Binnenzak.'

'Maar als je hem onbewust laat liggen zeg je dat dus
niet,' zegt Madeleine Koerst.

Daar heb ik zo gauw geen reactie op, maar ik heb een
tactiek.

'Met andere handelingen heb ik dat ook. Ik Zet Nu Het

Gas Uit. Of: Ik Doe Nu Alle Deuren Op Slot. Voorheen ging ik weleens terug naar huis, ook al was ik al een half uur onderweg. Ineens vroeg ik me af of ik het gas wel had uitgedaan, maar als je zulke handelingen hebt geformuleerd hoeft dat niet meer. Ik denk dat het geheugen gebaat is bij de woorden die je kiest voor de herinneringen die je wilt hebben. Ja, het geheugen heeft woorden nodig. Het kan ook anders, ik zag ooit een Australische theatergroep die uitsluitend voorstellingen over het geheugen maakte. Ik herinner me dat een van de acteurs zei dat als hij de deur uit ging om eieren te kopen en bang was dat hij dat vergat, hij zich voorstelde dat er boven de stad een kolossaal spiegelei hing. Dat beeld fascineerde hem zo dat hij...'

Madeleine Koerst onderbreekt me: 'Australische theatergroepen, spiegeleieren, misschien dwaal je nu iets te ver af.' Ze richt zich tot de geheugendeskundige: 'Jochem Prangers, spreekt het je aan wat Robert van Noorden vertelt?'

Ik zie hem zwaarmoedig knikken en ik bedenk dat ik dat inderdaad moet doen: wat ik me wil herinneren onder woorden brengen. Misschien moet ik beginnen met mijn vroegste herinnering, uiteraard zie ik daar soms flarden van, maar ik heb nooit mijn best gedaan die flarden samenhangend te noteren. Zijn dat niet gemiste kansen meer van mezelf te begrijpen? Je kunt toch ook niet denken zonder woorden?

'Robert van Noorden, als geld geen rol speelt, hoeveel

heb je dan over voor kunst, beeldende kunst in dit geval?'
Nu is Sjoukje Dresman aan de beurt vragen te stellen.
Door mijn gedachten beginnen tientallen antwoorden te
fladderen. Ik hoef alleen maar mijn hand uit te steken om
er een te vangen.

Een leeg landschap

Vaak waren er momenten in mijn leven waarop ik zeker wist dat er, nu, iets belangrijks met me gebeurde zonder dat ik begreep wat het was, zonder dat ik kon verklaren waarom die sensatie me overkwam. Meestal was het min of meer stil om me heen en was ik alleen, op straat, een straat die ik niet goed kende, of zat ik alleen in mijn kamer zonder iets duidelijks omhanden. Niet dat het dikwijls gebeurde, niet dat ik inzag dat ik zelf iets moest doen, een verandering teweegbrengen, een besluit nemen, maar er zat iets aan te komen, ja, zo moet ik het zeggen: telkens zat er iets aan te komen.

'Geef eens een voorbeeld,' zegt Daniëlle. Ze houdt me nog steeds op orde. Ik ga trouw een keer per week naar haar toe.

'Bijvoorbeeld met vriendinnen met wie ik woonde.'

'Ja?'

'Met wie ik dus samenleefde.'

'Je begon je af te vragen of dat wel zo goed was.'

'Nee, juist niet. Maar dan was het net, en dan doel ik op zo'n moment, alsof ik wegliep van alles, me losmaakte uit alles wat er was en langzaam verder ging in een leeg landschap.'

'Een leeg landschap.'

'Ja, daarover kan ik dus niets zeggen, want het was leeg.'

'Dat begrijp ik. En dan dacht je...'

'Ik dacht niets.'

'Maar?'

'Een tijdje later, een paar weken of een paar maanden, was die relatie voorbij, om redenen die ik begreep, en als ik dan de scherven bij elkaar aan het vegen was, schoot me dat moment te binnen.'

'Het lege landschap.'

'Het was niet altijd een leeg landschap, het kon ook iets zijn waarvan ik helemaal geen idee had wat het was, ja, het kon ook een drukke straat zijn, midden op de dag, iets trok mijn aandacht, vraag me niet wat het was, en ineens viel er een stilte, alles bewoog maar door me heen, ik was me bewust van de tomeloze bedrijvigheid, maar het was doodstil en ik kon me even, misschien een paar seconden niet bewegen. Het was niet beangstigend, maar zo ontstellend vreemd. Ontstellend, ja.' Ik haat het onheldere van zo'n herinnering.

Daniëlle kijkt me aan. Soms lijkt het alsof er iets geamuseerds door haar aandacht sluipt, maar dat past bij onze manier van omgang.

'Laten we het concreet maken,' zegt ze. Het woord 'concreet' spreekt ze altijd aarzelend uit. 'Je vader. Was er ook zoiets, in het nabije verleden, zo'n moment?'

'Dat weet ik niet. Zo'n moment schiet me pas later te binnen.'

'Hoe gaat het trouwens?'

'Het is onduidelijk. Zelf denkt hij dat hij er weer bovenop komt. Dat zegt hij niet, maar ik zie het, ik denk het te zien. Hij lijkt vastberadener. In het ziekenhuis zeggen ze dat ze het niet weten.' Ik weet het ook niet, ik zeg dit alleen maar omdat ik het wil.

Ze kijkt me aan.

'Ik herinner me iets van een paar weken geleden, een middag in de lente, het is vreemd dat die herinnering nu pas komt. Ik loop een boekhandel binnen waar ik maar een paar keer geweest ben. Het is niet ver van mijn huis, maar ik kom er niet graag, het personeel bevalt me niet, arrogant, haastig, altijd verdiept in vage dingen, maar ik moet een tijdschrift hebben en heb geen tijd om naar mijn vaste boekhandel te gaan. Ik reken dat tijdschrift af, loop naar de uitgang en daar sta ik ineens stil en ik denk aan een zonnige namiddag van heel erg lang geleden, ik ben een jaar of acht, denk ik, mijn vader komt thuis met een boek. Hij gaat aan de eettafel zitten, ontdoet het boek van zijn verpakking, het is een boek van Graham Greene, een schrijver die hij graag leest, hij zet zijn naam voorin en de datum van die dag, dat doet hij altijd. Hij loopt naar de stoel waarin hij altijd leest, een oude fauteuil met brede leuningen, hij legt het boek op een van de leuningen en gaat in de keuken een flesje bier halen. Hij lacht naar me als hij in de fauteuil gaat zitten, hij houdt het boek omhoog, hij ziet er gelukkig uit, ja, dat is een sterke herinnering die ik heb aan geluk: mijn vader die op een zonnige namiddag een boek van Graham Greene gaat lezen. Dat geluk voel ik ook, het is veilig en avontuurlijk tegelijk. Toen ik op Eerste Kerstdag vorig jaar bij mijn ouders was, pakte hij de boeken van Graham Greene uit de boekenkast en zei dat ze voor mij waren.

"Ik lees ze niet meer."

"Maar we gaan toch niet opruimen?" zei ik.

"Nee, maar ik vind het prettig als ze bij jou staan. Ik wil wat ruimte om me heen krijgen."

Mijn moeder kwam binnen met jenever en toast met haring.

"Hij heeft het er met mij over gehad," zei ze en ze lachte alsof er niets aan de hand was, wat waarschijnlijk ook zo was.

In die boekhandel kan ik me even niet bewegen. Ik ben weer terug in die namiddag van lang geleden, ik wil daar even blijven, maar dan komt er iemand binnen en ik moet een stap opzij zetten, ik loop naar buiten en de straat is niet de straat die ik ken, er is geen mens te zien, het licht is ijl, ik moet ergens heen maar ik weet niet waarheen. Dit duurt maar even, ik hoor de stem van mijn vriend Lenny, hij stapt van zijn fiets, stelt voor iets te drinken in het café op de hoek waar we vaak zitten, het café met de hoge ramen. Daar hebben we het onder meer over Graham Greene, die hij ook graag leest. Ik vertel hem over mijn vader, over de avond waarop hij en ik samen naar de televisie keken, naar The Third Man. Het was een van de weinige keren dat we samen televisie keken.

"De beste film die ik ken," zei hij.

Dat vind ik ook. Lenny houdt er ook van. Altijd als ik die film zie, en dat gebeurde later nog vaak, denk ik aan mijn vader, aan hoe we die film deelden.'

'Voelde je je verlaten,' vraagt Daniëlle, 'daar in die boekhandel?'

'Misschien. Zo'n groot woord, verlaten. Maar ik wist natuurlijk niet dat het kort daarna zo slecht met hem zou gaan.'

'Het is altijd onduidelijk wat we weten, voor zover je van weten kunt spreken. Maar laten we even teruggaan naar waarmee je begon. Die momenten.'

'O ja. Tijdje geleden. Het is een uur of negen. Ik open de balkondeuren, ik kijk naar het park wat ik altijd graag doe, zeker in de ochtend, en plotseling weet ik zeker dat er iemand naar mij kijkt, maar ik zie niemand. Ik bedoel, ik zie wel mensen lopen, maar niemand kijkt omhoog. Toch weet ik het zeker. En ook weet ik zeker dat dit niet onbelangrijk is. Ik denk dat iemand me wil spreken of iets duidelijk wil maken. Ik moet iets doen, ik moet eraan meewerken, zoiets, maar ik weet niet hoe.'

'Of verzet je je daartegen?'

'Waarom?'

'Je wilt niet iets verstoren.'

'Waarom zou ik dat niet willen als ik niet weet wat?'

'Omdat je het de kans wilt geven dat het je overkomt.'

Ik ga altijd lopend naar Daniëlle, een wandeling van ongeveer veertig minuten. En ook weer terug. Die tijd heb ik nodig. Ik geloof niet dat er iemand is die me volgt of naar me kijkt, maar dat het gebeurd is, althans dat ik dat denk, laat me niet los.

Ongeschiktheid

Het spelletje is het simpelste waaraan ik ooit meedeed. Ik verbaas me over mezelf. Ik kan ook nee zeggen, ik zie er tegen op, het verstoort mijn humeur, maar toch doe ik mee, ik ga gevleid in op het verzoek. Het honorarium interesseert me niet, geld speelt al een paar jaar geen rol meer, ik ben ook niet op aandacht uit, tegen Daniëlle zei ik pas nog: 'Ik neem deel aan het leven zoals het me overkomt en heb besloten dat nooit pijnlijk te vinden.' Uiteraard vroeg ze hoe ik zoiets kon besluiten, maar ik verzekerde haar dat ik dat nu eenmaal kon. Veel ís pijnlijk, je hoeft het niet ook nog een keer pijnlijk te vinden.

'Ik leg het nog één keer uit!' schreeuwt Loekie Puiks. 'Je raadt het woord en dan vertel je een verhaal!'

Ze moet het anders zeggen, denk ik. Je vertelt een verhaal dat met dat woord te maken heeft en met je leven, het programma heet niet voor niets *Woord Van Je Leven*.

'En het is aan onze kandidaten het woord uit te beelden,' schreeuwt Loekie Puiks door. 'Daarvoor krijgen ze precies één minuut en die minuut is zesduizend euro waard, dus iedere seconde kost honderd euro. Het geld van de seconden die overblijven gaat zoals altijd naar een goed doel, en dat is vandaag, even kijken, een opvanghuis voor, even kijken hoor, het is een opvanghuis, dat weet ik zeker, gek dat ik nu even niet weet wat voor opvanghuis, in ieder geval een opvanghuis, ik kom er zo op terug, ja, dat komt doordat het altijd zo spannend is, ja, *Woord Van Je Leven* is een ont-zet-tend spannend spel. Dames en heren, mag ik uw overweldigend applaus voor onze kandidaten...'

We zijn Verwoorders Van Dienst, zo heet het nu eenmaal, de actrice Helen Gooisma en ik.

Woord Van Je Leven kende ik niet, Helen ook niet, maar we kunnen met de opzet uit de voeten. Van de eerste kandidate kan ik de naam niet verstaan, als hobby noemt ze sport. Loekie Puiks vraagt vervolgens wat ze zoal doet in haar vrije tijd. Meteen nadat de tijd is ingegaan, weet ik het woord: carnaval! Ik ben eerder dan Helen.

'Carnaval is helemaal goed,' roept Loekie Puiks. 'Zo zie je maar dat een geleerde heer als Robert van Noorden ook weleens met de voetjes van de vloer gaat.'

Misschien moet ik hiertegen protesteren, maar als geleerde heer heb ik geleerd dat dit niet handig is. Er ontstaat een ongemakkelijke sfeer waarin we, in dit geval Loekie Puiks en ik, ons uiterste best moeten doen er zo leuk mogelijk uit te komen.

'En Robert, wat heb jij met carnaval, welke rol speelt carnaval in je leven?' vraagt Loekie Puiks. 'Je begrijpt dat wij een leuk verhaal van je verwachten.'

'Dat snap ik,' zeg ik. 'Ik moet meteen maar iets toegeven: ik heb nog nooit carnaval gevierd.'

'Nog nooit?!' schreeuwt Loekie Puiks. 'Ook niet een klein beetje?'

'Nee, ook niet een klein beetje. Ik vraag me trouwens af hoe je dat doet, een klein beetje carnaval vieren. Ik weet natuurlijk wel wat het is, maar helaas heb ik er geen leuk verhaal over, wel een verhaal, maar dat is niet leuk.' Ik moet Loekie Puiks niet de kans geven me te onderbreken, dus ik ga meteen door. 'In mijn kinderjaren woonden we naast mensen die wel aan carnaval deden. Ze verheugden zich er het hele jaar op, ze hadden het altijd vrijwel uitsluitend daarover. Hij had ook een belangrijke functie tijdens die dagen. Niet dat hij Prins Carnaval was, maar zoiets.'

'Prins Carnaval ben je maar één keer!' schreeuwt Loekie Puiks. 'Dat is toch zo, dames en heren, Prins Carnaval ben je maar één keer!'

'Hij had in ieder geval wel een kostuum, zo'n pak dat hoogwaardigheidsbekleders met carnaval altijd aan hebben. Daarin ging hij alle carnavalsdagen op stap, vergezeld door zijn vrouw, die telkens een andere avondjurk aan had met daarover wel iedere keer hetzelfde korte witte bontjasje. Tegen de ochtend kwamen ze thuis, het was al licht en ze hadden altijd ruzie, van die hárde ruzie. We werden er allemaal wakker van en kwamen ook uit bed en gingen in de slaapkamer van mijn ouders, aan de voorkant van het huis, naar buiten kijken. Daar zagen we altijd hetzelfde tafereel: ze stonden aan weerszijden van de straat naar elkaar te schreeuwen, hij riep voortdurend iets anders, variërend van trut van Troje tot... mag ik alles zeggen, Loeki?'

'Je móét hier alles zeggen!'

'Van trut van Troje tot vuile kutstoephoer. En zij riep de hele tijd hetzelfde, namelijk: Pooier! Ik weet nog goed dat we niets tegen elkaar zeiden terwijl we keken en luisterden naar wat zich daar buiten afspeelde. Ik geloof dat mijn moeder zich schaamde en mijn vader, ja, ik geloof dat hij zich schuldig voelde omdat hij in een wereld leefde waarin dit soort dingen gebeurde, mensen die terugkeren van een feestelijke bijeenkomst en elkaar dan verrot schelden. Ik denk dat...'

'We moeten aan de tijd denken, Robert!' schreeuwt Loekie Puiks. 'Het was een heel mooi verhaal, maar we hadden van jou niets anders verwacht. Graag uw applaus voor Robert van Noorden. U hoort vanavond nog meer verhalen van hem.'

Na afloop zegt Loekie Puiks dat we het heel leuk gedaan hebben. Ik drink nog twee glazen wijn met Helen. Ze vertelt over een comedyserie waarin ze zit. Vorige week waren de laatste draaidagen.

'Het is echt heel behoorlijk,' zegt Helen.

'Fantastisch,' zeg ik.

Het is even stil tussen ons.

'Waarom doe je het?' vraagt Helen.

'Wat?'

'Dit allemaal. Wat ik ook doe. De clown uithangen.'

'Ongeschiktheid,' zeg ik. 'Het heeft met ongeschiktheid te maken.' Even schrik ik van mijn woorden. Nog nooit had ik het zo gezegd. Helen kijkt me verbaasd aan, ik zie aan haar dat ze niet wil vragen wat ik bedoel, misschien durft ze het niet, misschien begrijpt ze het, ik weet het niet, ik ken haar, maar ik ken haar ook niet.

'Ik verdwaal, geloof ik, een beetje in wartaal,' zeg ik. Nu moet er alsjeblieft lúcht komen: 'Dat komt door vanavond, door avonden als deze.' Ik lach, zij ook. 'Door álles,' moet ik eraan toevoegen. 'Ongeschikt door alles.' Ik moet ophouden, ik breng haar in verlegenheid, iemand die ik nauwelijks ken, iemand die mij nauwelijks kent.

Ik sta op. We nemen afscheid, we kussen elkaar.

Op het parkeerterrein naast het omroepgebouw zie ik nog maar een paar auto's. Tegen een daarvan staat een gestalte geleund, een vrouw, rijzig. De auto staat in de buurt van de mijne en als ik die genaderd ben, komt de gestalte in beweging, ze heft haar hand, niet om me te groeten, lijkt het, maar om me te manen te blijven staan. Ze loopt naar me toe en dan zie ik het.

'Vera,' zeg ik.

Misschien had ik haar niet herkend als ze in een groep mensen had gelopen, maar nu ze op me afkomt, in het felle licht van de lantaarns van dit kille parkeerterrein, weet ik het meteen zeker, terwijl ze nauwelijks meer lijkt op de Vera van toen. Misschien is het haar lach, terwijl ze toen niet iemand was die veel lachte, ze lacht nu ook niet, het is haar mond.

'Vera,' zeg ik weer. Ik voel me opgelucht, ze was zo aanwezig de laatste tijd, zonder dat ik haar zag, zonder dat ik kon zeggen dat ik wist dat zij het was.

Ze omhelst me, aarzelend, terughoudend ook.

'Ik wist dat jij met dat spelletje meedeed,' zegt ze. 'Ik zat tussen het publiek.'

'Dat heb ik dan weer níét gevoeld.'

'Waarom zou je dat gevoeld hebben?'

'Nou, ik ben natuurlijk niet g...'

Ze onderbreekt me: 'Mijn vader heeft je gebeld. Dat weet ik, want ik ken hem. Klopt toch?'

'Ja.'

'Heb je een sigaret?'

'Ik rook niet, bijna nooit.'

'Wacht even.' Ze loopt terug naar haar auto, een witte Mercedes die daar witter dan wit staat te glanzen, een kolossaal, patserig ding dat veel te groot is voor de herinneringen die ik aan haar heb, en terwijl ze daarheen loopt, voel ik me een mensenleven ver weg van alles wat ik heb losgelaten in mijn leven, ik begrijp niets van dat gevoel, ja, het heeft met geluk te maken, geluk waarvan ik nooit iets heb begrepen. Dat besef is er nu, zojuist noemde ik het ongeschiktheid, mijn ongeschiktheid voor geluk. Ik denk aan de gelukkige mensen die ik kende en ken, ik zag wat er met hen aan de hand was, maar ze waren ver weg, ik kon niet bij ze komen. Daarom ontloop ik het leven, ik ontloop het door het te ondergaan. Weer denk ik aan mijn vader, weer aan een boek waarmee hij thuiskwam, weer op een zonovergoten namiddag, ik was ouder, ik zat al op het gymnasium, het boek was van Camus, *De Mythe van Sysifus*, hij las de eerste twee zinnen voor: 'Er bestaat maar één werkelijk ernstig filosofisch probleem: de zelfmoord. Oordelen of het leven wel de moeite waard is geleefd te worden, is antwoord geven op de fundamentele vraag van de filosofie.' Hij knikte. 'Dit is een heel monter boek. Je moet het over een tijdje maar eens lezen.' Wat filosofie was, begreep ik dacht ik wel, ik wilde er graag veel mee te maken hebben, ik dacht aan mijn moeder, die ooit zei dat ik moet nadenken bij wat ik doe.

Vera heeft een sigaret opgestoken. In die zomer, misschien wel in de nacht dat ze tegen me aan lag, had ik moeten zeggen: 'Ik bén er. Ik ben in wie jij bent.' Kun je nog meer zeggen? Ik zei het niet. Ik ben niet geschikt zoiets te zeggen. Mijn ongeschiktheid.

'Hij zal je weer bellen,' zegt Vera. 'Hij weet zeker dat ik naar je toe zal gaan, hij weet dat ik je heb gevolgd al die jaren, hij weet dat ik wist dat je meer was dan iemand die iedereen kent, dan iemand die overal opdraaft en altijd een praatje paraat heeft, hij weet wat jij voor me betekend hebt zonder dat er nog maar met één woord over je gesproken mocht worden. Maar Robert, ik ging niet naar je toe. Dat is een gepasseerd station. Jij bent een gepasseerd station, maar wel het station van waaruit ik toen al wegging. Als hij je belt, zeg je dat je me bent tegengekomen, toevallig, onverwacht, in een winkel of zoiets, en dat ik je groette, meer niet, dat het je duidelijk was dat ik niets, maar dan ook niets met je te maken wilde hebben. Geloof me, dat hoort hij graag. Zeg maar dat je de indruk kreeg dat ik besloten had mijn eigen weg te gaan. Zoiets kun je natuurlijk niet aan me zien, maar je zegt dat je die indruk had, toen je me zag lopen en ik je groette. Ja, je zag het aan de afstandelijkheid waarmee ik dat deed. Aan hoe vastberaden ik dat deed, hoe vastberaden ik daar liep. Je bent me dat verschuldigd. Dat begrijp je waarschijnlijk wel.'

'Ja en nee.'

Ze zwijgt even, kijkt over mijn schouder, rookt.

Dan: 'Mijn vader zei dat je die ochtend had gezegd dat het allemaal niets voorstelde. Dat verzekerde je hem. Je deed er zelfs lacherig over. Het stelde allemaal niets voor. Dat zei je dus.'

'Dat is niet...'

Weer heft ze haar hand.

'Natuurlijk ontken je dat nu. Het is makkelijk ontkennen als iets zo lang geleden is.'

Ze laat haar sigaret vallen en dooft die langzaam onder haar schoen.

'Maar weet je, Robert, we hebben elkaar gezien.'

Ze draait zich om en loopt naar de witte Mercedes.

'Ben je me daarom gevolgd?' vraag ik.

Zonder zich om te draaien zegt ze: 'Gevolgd?'

'Om me dit te zeggen? Niet wat ik tegen je vader moet vertellen, bedoel ik, maar dit.'

'Ik moest het zeggen. Ik moest zeggen dat je vond dat het allemaal niets voorstelde. En natuurlijk wil ik je ook zeggen: ik begin een nieuw leven, ik sluit jou af, ik sluit al mijn gedachten over jou af. Dat had ik natuurlijk al gedaan, maar ik geloof niet dat het echt lukte. Je bleef aanwezig. En dat ben je nu niet meer, aanwezig. Ja, je moet dit weten. En als ik zou zeggen hoe het kán dat je niet meer aanwezig bent, zou je het begrijpen. Maar het is nu wel genoeg zo.'

Nu draait ze zich wel om.

'Wat bedoel je trouwens met gevolgd?'

'De afgelopen weken en dagen was je in mijn buurt zonder dat je je liet zien. Ik had moeten weten dat jij het was.'

'Robert, je vergist je. Het is niet waar. Ik was te weten gekomen dat vanavond dat spelletje werd opgenomen. Ik besloot je hier te ontmoeten. Haal je alsjeblieft niets in je hoofd.'

Ze haalt haar schouders op, ik weet niet waarom, het gebaar ontroert en beangstigt me tegelijk. Het stelde alles voor, moet ik zeggen, maar ze zal me niet geloven.

Ze is nu bij haar auto en terwijl ze instapt zegt ze zonder me aan te kijken: 'Nu is het allemaal niet belangrijk meer.'

Heel erg bevangen

Graag zit ik in de namiddag in een van de cafés in de buurt, met de avondkranten of een pas aangeschaft boek. Of ik maak notities voor het boek dat er een keer moet komen, over Edward Hopper en de Amerikaanse literatuur, althans dat was een uitgangspunt, waarschijnlijk gaat het over, wat ik noem, verhalende schilderijen. Een paar jaar geleden publiceerde ik al een aanzetje, *De verhalen van Hopper*. Ik heb zin in dit veel grotere boek dat ik in een ander leven zal voltooien, ik heb ook zin in dat andere leven, in de afzondering waarvoor ik eindelijk kan kiezen, terug naar hoe ik begon toen ik als kind in een stille hoek van de kamer mijn leven bij het echte leven bedacht.

Meestal ga ik rond half vijf naar zo'n café en blijf er tot zeven en als ik 's avonds niets te doen heb, wat niet zo vaak voorkomt, koop ik daarna een maaltijd in de supermarkt of eet iets in een restaurant, soms in gezelschap van een kennis die ik in het café trof. Ik hecht aan mijn café-uren.

Op een donderdag ben ik net gaan zitten, heb een weekblad voor me opengeslagen en begin te lezen, als ik mijn naam hoor noemen, op verraste toon. Het is Louise Koning. Ze staat voor mijn tafeltje met een tas van een dure kledingwinkel, ze heeft een lange lichtblauwe jurk aan, ze kijkt me over haar zonnebril lachend aan. Soms is het net alsof een kleur een geur kan hebben, bij het lichtblauwe van haar jurk ruik ik de zee op een vroege zonnige ochtend wanneer de kilte van de nacht net opgelost is, die tintelende geur van optimisme. Ik heb nauwelijks meer aan haar gedacht sinds onze ontmoeting bij de lezing een paar weken terug. Daar betrap ik mezelf op, dat ik niet meer aan haar heb gedacht, terwijl ik haar gefascineerd nakeek toen ze in de lauwe zomerse avond verdween en dacht dat ik haar al eerder had gezien.

'Wat een mooi toeval,' zegt ze. 'Ik dacht laatst nog dat ik het leuk zou vinden je weer eens tegen te komen. Mag ik?' Ze wijst naar de stoel tegenover me.

Ik maak een uitnodigend gebaar, terwijl ik niet weet of ik hier prijs op stel. Ik zit graag alleen, ik hecht eraan op dit tijdstip niet gestoord te worden, maar een café is een openbare ruimte.

'En weet je wat ik ook dacht?' vraagt ze. 'Ik dacht: als we elkaar weer tegen moeten komen, gebeurt dat vast.'

'Dat zei je,' zeg ik. 'Ergens in de tijd, zei je.'

'O ja. Ergens in de tijd. Zei jij dat niet? Enfin, aangezien we zo weinig tijd hebben, moet dat wel lukken.'

'Dat blijkt. Iets drinken?'

'Campari.'

'Daar was vroeger een reclame van. Dat je dat eens in je leven moest doen, Campari drinken. Zoiets was het toch?'

'Je moet zo veel mogelijk eens in je leven doen.'

'Ah, we zitten gelijk in het diepe.'

'Daar houd ik van. Of wil je over het weer praten?'

Ik wenk de ober. Louise kijkt geamuseerd om zich heen.

'Dit is een filiaal van je huis, veronderstel ik.'

Ik knik. Haar opmerking veroorzaakt lichte irritatie, ze komt meteen dichtbij. Tegelijk wil ik het niet belangrijk vinden.

'Je hebt kleren gekocht?' vraag ik, om mijn aandacht weer op haar te richten.

'Mijn ouders zijn overmorgen zestig jaar getrouwd. Er is een klein familiefeest, heel klein, mijn ouders houden niet van drukke bijeenkomsten.'

'Waar wonen ze?'

'In Drenthe, in een klein dorp heel ver weg. Ze zijn erg op zichzelf.'

'Ben je daar ook geboren?'

Dat was waar ook, niet alleen een lach in haar stem maar ook een lach in haar ogen. Die was er weer toen ze zojuist voor me stond, maar nu even niet. Misschien wil zij ook niet dat ík te dichtbij kom. Bij alle mensen met wie ik omga is het zo, we hebben het altijd alleen maar over de omgeving waarin we werken of iets anders te doen hebben, we willen niet aan onszelf toekomen. Lenny is een uitzondering, maar ik ken hem al zo lang, uit een leven dat aan al die andere levens voorafging. Paula misschien ook. Ik moet haar bellen.

'Nee,' zegt ze. 'Maar ik ben er wel graag, waar mijn ouders wonen, vooral in de herfst en de vroege winter, het landschap is daar heel oud, een wereld die niet bij dit land hoort. Als je het over tijd hebt, die is daar niet. Het is er tijdloos. Het is ook het land van de blues. Maar ach, daar weet je alles van'

'Hoe weet je dat?'

De lach is weer terug.

'Ben je vergeten dat je daar een keer veel over vertelde, in dat muziekprogramma waarin jullie naar van alles moesten raden. Je wist bijna alles en mocht lekker leeglopen over de blues.'

Ik herinner me die avond. Ik vertelde over Cuby & Blizzards die ik zag in een kelder in de buurt van de Grote Markt in Nijmegen, ik was veertien, ik hield van popmuziek en dacht dat Cuby & Blizzards ook zo'n bandje was. Maar het was iets heel anders. Die muziek kende ik niet. Ik had nog nooit van blues gehoord en de blues zelf ook niet. Het is nu onvoorstelbaar, maar ik was nog aan het opgroeien, de muziek die mijn leven moest vullen was er nog niet, die muziek had mij nog niet gekozen. Die avond liep ik met een opgetogen ernst naar huis. De blues had me aangeraakt, ik had iets gehoord wat ik voelde als ik me opsloot in mezelf.

'Dat jij dat allemaal ziet. Meestal kijken meisjes niet naar dat soort programma's en zeker als het over de blues gaat, haken ze af.'

'Wat zit je tuttig te generaliseren. Ik ben bovendien niet een gewoon meisje.'

'Dat dacht ik al.'

'Dat dacht je al. En waarom als ik mag vragen?'

'Toen ik je voor het eerst zag viel me de lach in je ogen op. Dat is toch de lach van het avontuur? Van onbevangenheid?'

'O, ik ben heel erg bevangen. Maar van dat avontuur klopt wel. Maar niet alleen daarom ben ik geen gewoon meisje.'

'Leg het dan eens uit.'

'Dat kan ik niet en dat is maar goed ook, want dan was het plotseling gewoon. Dat heb je vaker als je ergens woorden voor hebt. Voor heel veel wil ik geen woorden hebben.'

Daarom ben ik destijds kunstgeschiedenis gaan studeren. Ik vertel haar dat ik vaak uren in musea doorbracht, ik was er verslaafd aan. Heel lang kon ik voor een schilderij staan terwijl ik naar woorden zocht voor het verhaal dat het vertelde, maar die woorden kon ik niet vinden, misschien waren ze er ook niet. Of je er dan iets aan hebt kunstgeschiedenis te studeren, is natuurlijk de vraag, maar het leek me toch de beste studiekeuze die ik kon doen. Ik kan het ook met dans hebben. En met muziek natuurlijk.

'Je bent veel ernstiger dan de meeste mensen denken,' zegt Louise.

'Ik weet niet of de meeste mensen iets over me denken.'

'Natuurlijk weet je dat wel. Doe niet zo nonchalant ijdel. Je bent bekend. Soms kom ik je wel twee keer per dag ergens tegen. In een blad. Of op de radio.'

'Lijkt me overdreven. Maar het wil nog niet zeggen dat mensen iets over me kunnen denken, althans iets denken wat met mij te maken heeft. Dat wil ik ook liever niet.'

'Dat wil je liever niet?'

'Ik wil vluchtig zijn.'

'Dat heb ik nog nooit iemand horen zeggen. Belachelijk.'

'En ik wil niet dat je dat zegt!'

'Boos? Beledigd?'

'Kom op zeg.'

Ik zeg dat ik even naar de wc ga en als ik terugkom het over een ander onderwerp wil hebben.

Het is net alsof ze haar best moet doen niet te schateren. Ze trekt het tafeltje iets naar achteren zodat ik makkelijker op kan staan.

Als ik terugkom, zit ze er niet meer. De ober zet een glas bier voor me neer met een wodkaatje ernaast. Dat drink ik hier soms, maar vandaag niet.

'Van die dame die zojuist wegging,' zegt hij.

Een betoverend gedicht

Nu is het allemaal niet belangrijk meer. De woorden van Vera achtervolgen me. Het is precies twee weken geleden dat ik ze hoorde, het is september geworden, de nazomer is warm en vol warme kleuren. Altijd als ik door de stad loop kijk ik haast voortdurend om me heen of ik Vera of haar witte Mercedes zie.

Als iets me kan kwellen is het onredelijkheid. Als kind had ik het al. Met de geijkte dooddoeners als *Dat is niks voor jou* of *Dat komt later wel* kon ik leven. Razend werd ik bijvoorbeeld van *Daar praten we morgen wel over* en dan had ik iets fouts gedaan of was onoplettend geweest, vaak wist ik het niet eens.

'Dat weet je best.'

'Nee, ik zweer het.'

'Denk er maar eens goed over na.'

'Maar waarover dan?'

'Daar praten we morgen wel over.'

In bed voelde ik tranen van woede en verzet tegen een leven waarin deze gang van zaken normaal was, want ik had inmiddels wel in de gaten dat veel mensen zo met elkaar praatten, elkaar dwongen een hoek op te zoeken waarvan je het bestaan niet kende.

Op school had ik het ook, een leraar die aan een klasgenoot iets vroeg en die wist het antwoord niet en ik zag dat hij het echt niet wist, niet omdat hij iets niet geleerd had of gewoon vergeten was, nee hij wist het niet, de gevraagde kennis bestond nog niet in hem. De leraar stuurde hem de klas uit: 'Zo doen we dat met luie zakken.' Soms, nee vaak kon ik me niet inhouden en zei ik er iets van en dan kon ik mijn voorganger volgen. Ik vond het niet erg: weg, wég van hier.

Dat dacht ik dikwijls: weg, wég van hier. Dat denk ik nog.

Onredelijkheid veroorzaakt woede in mij waarmee ik niet uit de voeten kan. Relaties waarin ik me ontzettend goed voelde, begonnen in mijn ogen af te takelen als ik een paar keer met onredelijkheid werd geconfronteerd, ook in een simpele bijna onbevangen vorm in ruzies of meningsverschillen: 'Dus ik mag nooit zeggen dat...'

'Nee, dat zeg ik niet, ik zeg alleen dat het me nu stoort.'

'Dus ik mag nooit zeggen dat...'

Ik ben ervan overtuigd dat mensen hun ware aard laten zien als ze zichzelf even niet onder controle hebben, inderdaad in ruzies, maar ook in dronkenschap of in diep verdriet. Als iemand zijn toevlucht moet nemen tot onredelijkheid om zichzelf in een kwetsbare situatie overeind te houden, hoort onredelijkheid bij de aard van zo iemand. Weg, wég van hier.

Ik voel bijna wanhoop wanneer me iets toegeschreven wordt wat niet van mij is, wat ik zelfs verafschuw. *Nu is het allemaal niet belangrijk meer.*

Als ik in al die jaren aan Vera dacht, zocht ik de zuiverheid van de gevoelens die we onuitgesproken deelden, we hebben elkaar gezien, we hebben elkaar herkend. Ook al zou ik haar nooit meer zien, dat ze bestond vond ik een troostende zekerheid. Misschien vindt zij het allemaal niet belangrijk meer.

Maar zo zei ze het niet, ze zei het alsof ze namens mij sprak, omdat ze tegen beter weten in geloofde dat ik tegen haar vader had gezegd dat het allemaal niets voorstelde, maar dat heb ik niet gezegd, en áls ik het gezegd had, zou dat zijn geweest omdat ik niet zo snel op een andere manier had kunnen verwoorden dat er tussen zijn dochter en mij niets aan de hand was waarover hij en zijn vrouw zich zorgen hoefden te maken. De beperktheid van onze middelen duidelijk te maken wat we wezenlijk bedoelen, is ook onredelijk.

Vera deed of ik het zei omdat ze daarmee wilde zeggen dat ik het nooit belangrijk had gevonden, terwijl ze zich had moeten voorhouden dat wij, zij en ik, mensen zijn die zo niet met elkaar omgaan, omdat bijna iedereen al zo met elkaar omgaat, en wij zijn niet iedereen. Dit betekende onze zomer van toen: dat wij niet iedereen zijn.

Ik wil haar vragen of ze alsjeblieft wil geloven dat het wel belangrijk was en dat het belangrijk is gebleven. En als ze vraagt wát dan, zeg ik dat ik daar al die jaren al over nadenk, want wat hebben we uitgewisseld, wat was het dan? Het was in ieder geval goed en essentieel, het was wat mensen al zo gauw fantástisch noemen, wij vonden iets wat er niet was, iets wat je je herinnert zo lang je leeft, net als een betoverend gedicht of schilderij, net als een melodie die zich in je gedachten gevoegd heeft, die je áltijd hoort. Zeg nóóit: nu is het allemaal niet belangrijk meer!

De gewoonste zaak van de wereld

Natuurlijk moest het op een dag gebeuren.

In een ander park dan tegenover mijn huis zit ik op een bank te luisteren naar vijf studenten van het conservatorium die ongekend uitbundig *De Zomer* van Vivaldi ten gehore brengen, en dan, alsof het de gewoonste zaak van de wereld is, zie ik in de straat langs het park de witte Mercedes. Natuurlijk zijn er meer van die auto's in de stad, ook al heb ik ze niet gezien, maar ik weet zeker dat het Vera is die daar rijdt, langzaam, naar een parkeerplaats zoekend. Het zijn hoge, statige huizen rond het park en voor een daarvan stopt ze. Ze stapt uit met twee tassen van Albert Heijn, ze loopt de tuin in, bestijgt een lage trap en pakt een sleutel uit een kleine tas die om haar schouder hangt. Ze opent de deur. Ik kijk naar het nummer boven de bel.

's Avonds schrijf ik haar een korte brief. Of we elkaar kunnen spreken, al is het maar één keer? Die doe ik tegen middernacht in de brievenbus van het huis waar ik haar vanmiddag zag binnengaan.

Ik kijk naar de verlichte ramen. Het is een huis met vijf etages. Op alle vijf lijken de bewoners nog wakker, maar ik zie niemand.

Gun me dat

Verwachtte ik dat Vera reageerde op mijn briefje waarvan de toon absoluut niet dwingend was? Waarschijnlijk doe je dat niet als het allemaal niet meer belangrijk is.

Een paar dagen later bel ik in de vooravond aan bij het huis aan het park. Terwijl ik erheen liep schakelde ik iedere vraag over mijn handelswijze uit. Niets had ik te verliezen. Al zág ik haar nog maar een keer.

Er hangen drie naambordjes naast de deur, namen die me niets zeggen. Tussen het eerste en het tweede is een lege plek, ik druk op de bel daarnaast. Ik wacht op een stem door de intercom, maar in plaats daarvan hoor ik voetstappen die haastig de trap afkomen. De deur wordt geopend door een bleek meisje in een witte jurk met rode stippen, haar bruine haar zit in vlechten die een beetje opzij staan, zodat ze me aan Pippi Langkous doet denken. Ze zegt niets, ze kijkt me niet onvriendelijk aan.

'Ik ben op zoek naar Vera Molenaar,' zeg ik.

'Vera is boven.' Ze aarzelt niet, doet ook niet terughoudend of achterdochtig.

'Mag ik...'

Ze knikt en gaat me voor.

Boven is twee trappen hoger, in een smalle hal zijn twee deuren waarvan er een openstaat, ik hoor zachte jazzmuziek, saxofoon en piano.

Ik volg het meisje naar binnen, een grote ruimte waarin veel plek wordt ingenomen door een witte vleugel waarachter een man zit die een kleine zwarte hoed op heeft. Vera zit op de vensterbank.

'Tegen David zei ik dat dit zou gebeuren,' zegt ze kalm. 'Ik hoefde toch niet te reageren op je bericht?'

'Vind je het erg?'

'Ja, maar dat doet er niet toe. Misschien is het ook goed dat je het snapt.'

'Wat?'

'Ik heb hiervoor gekozen.' Ze wenkt het meisje, dat onmiddellijk naar haar toekomt. Vera drukt haar tegen zich aan. 'Dit is Mimi.' Ze wijst naar de man. 'Davids dochter.'

De man staat op van zijn kruk en komt naar me toe. Hij kan niet veel jonger zijn dan ik, hij is lang en heeft een even bleek gezicht als het meisje en dunne lippen, het lijkt alsof ze rood zijn gestift. Blond haar golft nog net niet over zijn schouders. Hij geeft me een hand die breekbaar aanvoelt.

Ik wil iets zeggen, maar Vera is me voor: 'Over deze keuze kon en kan ik niet met mijn ouders praten, maar het is de keuze die ik moest maken. Die kwam op mijn pad. Soms heb je dat, dat je weet: dit moet ik doen. Ik weet niet hoe vaak je je leven kunt veranderen, maar ik moest daarmee beginnen. Daarom wilde ik jou even zien, want je had nog met mijn vorige leven te maken. Of het jouw schuld is dat mijn vorige leven nooit echt begon, wil ik niet zeggen. Fanny, Davids vrouw, is vorig jaar overleden. Kort daarna kwam ik hem tegen in een televisiestudio, mijn vader had er opgetreden en was al weg, ik was gebleven om nog wat zaken te regelen, en toen zag ik David. Hij zou er later optreden met zijn combo. Hij is pianist. Enfin, dat dacht je al. Waar we het over gehad hebben, ik weet het niet meer...' Ze lacht verlegen en kijkt naar David.

'Over alles,' zegt hij. Hij heeft een zachte, schorre stem, alsof hij heel weinig praat.

'Dat gaat je ook niks aan, maar toen we afscheid namen zei ik: als ik ooit iets voor je kan doen, als je me ooit nodig hebt, laat het dan weten. En een maand of twee geleden belt hij me op en vraagt of ik nog weet wat ik hem toen gezegd heb. Dat weet ik natuurlijk nog. Zoiets onthoud je. Bovendien had ik het nog nooit tegen iemand gezegd. En ik ben gegaan, ik ben naar David gegaan en naar Mimi. David is het komend jaar vaak op toernee, ik zorg voor Mimi en Mimi wil dat ik voor haar zorg.'

Het meisje knikt. Ze kijkt bezorgd naar mij alsof ze

probeert in te schatten of ik iemand ben die alles waar ze op rekent verwoestend kan verstoren.

'Dat is mijn keuze,' zegt Vera. 'Mijn ouders zijn min of meer op de hoogte, sinds een paar dagen eigenlijk pas, ze zijn het er niet mee eens, ze verzetten zich ertegen, maar ze snappen ook wel dat ze me geen strobreed in de weg kunnen leggen. Hij zal je waarschijnlijk niet meer bellen, mijn vader, dat is eigenlijk ondenkbaar, maar stel dat hij het tóch doet, dan kun je nog één ding voor me doen: je zegt niet waar ik ben, je zegt dat je dat niet weet, dat vertel ik zelf wel als alles wat rustiger is geworden. Robert, dat is het enige dat je nog voor me kunt doen en ook het enige dat ik wil dat je voor me doet. Laten we elkaar nooit meer zien.'

'Maar waarom? Zeg me alsjeblieft waarom.'

'Dat kán ik niet zeggen. Ja, dat het niets voorstelde. Daarom. Dat je er zelfs om moest lachen. Daarom.'

'Maar dat is niet waar. Dat heeft Beppe verzonnen, misschien wel in paniek. Het is niet waar. Waarom zou je me niet geloven? Je mag er toch op rekenen dat mensen je geloven, dat jij me gelooft?'

'Ook al is het niet waar, ik heb gedacht dat het zo was en dat heeft zich zo in me gevreten dat het er nu niet meer toe doet wát jij erover zegt.'

'Maar je kwetst me.'

'Wat doe ik, Robert, wát doe ik?'

'Ik bedoel, je tast iets aan, je moet...'

'Ik moet niets. En jij moet gaan. Ik wil dit leven, hier.

Gun me dat. Hoe vreemd het ook klinkt, ik ben je dankbaar als je me dit gunt. En je laat zien dat je me het gunt door weg te gaan.'

De muziek is afgelopen, David begint te spelen, een melodie die me aan een film doet denken.

Vera laat zich van de vensterbank zakken, loopt naar me toe en pakt me bij de arm.

'Kom, ik laat je uit.'

Beneden bij de deur staan we tegenover elkaar, een paar seconden, misschien langer. Dan kust ze me op mijn wang.

'Dag Robert, dag.'

'Dag Vera,' zeg ik tegen de deur, die ze snel heeft dichtgedaan.

Ze zei niet: nu is het allemaal niet belangrijk meer.

Ik hoor de muziek van David door het open raam, ik weet nu ook uit welke film die komt, The Piano.

Als ik de kleine tuin uit loop, voel ik me gadegeslagen, ergens vanuit het park. Ik geloof dat ik eraan gewend ben, het is een vage indruk die me verontrust, maar ik zie niemand, ik moet ophouden het me in te beelden. Vera is boven, ver weg uit wie ik wilde zijn.

Hoe je met jezelf kunt leven

'Hoe ik het verklaar? Ik hoef toch niet voor alles een verklaring te hebben. Veel wordt erg oninteressant als je het zo nodig moet verklaren.'
Ik zie minachting in de milde glimlach van Nicole Springer. Ze is hoofdredacteur van Mentis, een vooral door hoogopgeleide vrouwen gelezen maandblad. Toen ze me belde om de afspraak voor dit interview te maken en nogal terloops de lezers van haar blad typeerde, zeurde er even nervositeit door me heen, ik zag al die vrouwen dreigend in een groep bijeen. Zou er ook een tijdschrift voor hoogopgeleide mannen bestaan? Mijn stemming kreeg echter meteen kleur toen ze zei dat ik het goed had gedaan in een enquête die ze onder haar doelgroep had gehouden. Ze voegde er haastig aan toe dat ze dit niet helemaal begreep, mijn stemming vertoonde alweer bleke vlekken, en dat het haar daarom wel interessant leek me

te interviewen. Ik was blij dat ze 'interessant' zei en niet 'leuk'. Het is onderhand een soort gimmick geworden, maar telkens wanneer er aanleiding toe is voer ik campagne tegen het nonchalante misbruik van het woord 'leuk'.

Ik moet verklaren waarom ik, volgens Nicole Springer, mijn vak 'verkwanseld' heb, en in de etalage van een geheel andere winkel ben gaan zitten, zo typeert ze mijn bezigheden. Even zie ik mezelf zitten, een vriendelijk knikkende paashaas met een mijter op, die zichzelf verwenst omdat hij niet meer graaft naar de kern van het dadaïsme of het pointillisme duidt in het licht van de nieuwe tijd.

'Waarom lach je?' vraagt Nicole.

'Weer zo'n vraag,' zeg ik. 'In de meeste gevallen is het niet uit te leggen waarom je lacht wanneer je in je eentje lacht. Als we nu samen zaten te lachen, lachten we hoogstwaarschijnlijk om hetzelfde en had je je vraag niet hoeven stellen. Vragen zijn nooit moeilijk, antwoorden wel, toch noemen we veel vragen moeilijke vragen. "Waarom lach je?" is een moeilijke vraag die in dezelfde categorie past als waarin "Is er iets?" thuishoort en natuurlijk ook "Waar denk je aan?" of, hoewel het geen vraag is, "Je bent zo stil". Zojuist moest ik lachen om die etalage van je. Ik kan het verder niet uitleggen.'

'Ik merk wel dat je die razendsnel kunt inrichten.'

'Ik hoor dat je het prettig vindt je vast te bijten in vergelijkingen.'

We zitten tegenover elkaar aan tafel, het gesprek is bij

mij thuis, wat ik normaal nooit doe, ik verkies een rustig restaurant of café, maar Nicole drong er zeer op aan. Ze staat nu op, ze blijft glimlachen, maar ik voel ook irritatie bij haar. Het is prettig naar haar te kijken, ze is lang, haar kleding heeft iets Indisch terwijl die toch strak is, haar mond is een beetje geheimzinnig alsof die per se iets níét wil laten zien, en in haar ogen glanst weemoed. Ze heeft gelukkig niet meer dat korte blonde haar waarmee ik haar voorheen weleens op foto's zag. Ooit is er onder vrouwen de geheime boodschap verspreid dat ze pas meetellen als hun haar kort is, het liefst een beetje bits kort.

'Wat is er?' vraag ik.

Ze loopt naar het raam, drukt er even met haar voorhoofd tegenaan.

'Ik heb nu pas in de gaten wat er aan de hand is,' zegt ze.

'Met wat? Met wie?'

'Met jou! Je neemt voortdurend alles over. Ik vraag iets, je ontwijkt een antwoord, daar reageer ik op en vervolgens ga je met die reactie aan de haal. Is dat je kunstje?'

Ze heeft gelijk, maar ik weet niet of het een kunstje is, het is een uitgangspunt of een principe: ik doe wat ik wil. Misschien wil ik helemaal niet aan alles meedoen waaraan ik meedoe, maar als ik het doe, doe ik het wel op mijn manier. Ik heb het opgegeven het leven naar mijn hand te zetten, maar in het schijnleven doe ik het wel, ook al weet ik dat het een spel is dat ik speel.

'Ik noem het geen kunstje, maar je hebt wel gelijk, zolang het een constatering is en geen oordeel. Het is ook mijn manier om verveling tegen te gaan. Behalve schoonheid is het meeste vervelend.'

Nicole applaudisseert zacht en knikt bemoedigend zoals vroeger een leerkracht deed als je in de buurt van een juist antwoord kwam.

'Nu komen we ergens. Het meeste is vervelend. Vind je dat echt? Wat is schoonheid?'

'Met dat laatste ben ik mijn hele leven bezig. Misschien is dat niet te merken, maar het is wel waar. Ik hoop daarover ooit één zin te kunnen zeggen, maar ik heb nog even tijd nodig. En als ik zeg dat het meeste vervelend is, wil ik daarmee niet zeggen dat ik het ook vervelend vind. Je ziet, ik kan je heus wel op je wenken bedienen. Ik probeer alles wat vervelend is anders te zien, er voor mezelf iets anders van te maken. Ook van dit gesprek.'

'Je vindt het vervelend.'

'Nee, ik amuseer me, ik probeer me te amuseren. Ik houd er niet van over mezelf te praten, zie er ook het nut niet van in.'

'En met je vrienden?'

'Ik heb niet veel vrienden.'

'Betreur je dat?'

'Als ik zeg dat ik niet veel vrienden heb, zeg ik niet dat ik er geen heb. Een paar. Dus er valt niets te betreuren. Met te veel vrienden raak je jezelf kwijt. En met mijn vrienden heb ik het waarover wij het willen hebben, ook over onszelf, als je dat bedoelt. Maar wat heb ik eraan te weten dat jouw lezers van mij hetzelfde weten als mijn vrienden weten? Wat zegt me dat soort openbaarheid? De hele dag hoor je overal om je heen geklets over dit en over dat, onthullinkje zus en onthullinkje zo, al die meningen. Wat voegt het toe? We gaan iets drinken. Jij?'

Nicole kijkt op haar horloge en zucht.

'Je bent ingewikkeld,' zegt ze. 'Leef je daarom alleen?'

'Daarom leef ik niet alleen. Ik dacht aan een glas wijn.'

'Ik doe met je mee.'

Ze volgt me naar mijn kleine keuken. Ik houd een fles rode wijn omhoog. Ze knikt.

Als we het glas heffen zegt ze: 'Ik wil tot je doordringen. Laat je dat toe?'

Ik moet mijn best doen weerzin weg te slikken. *Laat je dat toe?* Ik heb haar toegelaten hier, dus ik moet ook b zeggen.

'Jij stelt je vragen en ik bepaal of ik die beantwoord. Dat lijkt me niet ingewikkeld. Als ik met je praat wil ik er zelf ook iets aan hebben.'

'Dat snap ik inmiddels. Mag ik grote vragen stellen?'

'Wat zijn grote vragen?'

'Waar heb je het meest spijt van in je leven?'

Die vraag kan ik beantwoorden. Het is een vraag die me nog nooit is gesteld, ik heb het mezelf ook nooit afgevraagd omdat het ook niet hoefde. Het antwoord dat geen antwoord is, maar voorafgaat aan alle vragen die in mijn leven een rol spelen, dat antwoord luidt: schuld. Ik heb de stilte na Nicoles vraag nodig om schuld als *een ding* in onze gedachtewisseling te plaatsen, een groot log meubel dat in de weg staat. Ik voel me overal schuldig aan, Nicole Springer, ook de situatie die nu is ontstaan, waarschijnlijk kan ik vanaf nu niets meer zeggen waarmee je iets kunt, al je hoogopgeleide vrouwen komen alleen van me te weten wat ik verzin, ja, ik verzin mezelf, daar voel ik me ook schuldig over, maar alleen zo kan ik me handhaven.

'Je moet lang nadenken,' stelt ze vast. 'Is dat een goed teken?'

'Ik denk het wel. Ach, er is zo veel waarvan ik spijt heb. Als je keuzes moet maken, weet je natuurlijk nooit welke de beste is, je leeft alleen in de veronderstelling dat je de beste keuze hebt gemaakt, ieder mens heeft dat toch. En langzaam begin je te twijfelen, maar je wilt jezelf nog niet meteen verwijten dat het niet de beste keuze was, want zoals je weet, is jezelf belangrijke dingen verwijten allerminst gemakkelijk. Dus je blijft nog even tegen beter weten in in die keuze geloven, totdat dit zich allemaal tegen je keert, maar dan is het te laat. De meeste mislukkingen in je leven zijn het gevolg van dit soort ijdelheid, dat je dus denkt dat de keuze die je gemaakt hebt de beste is. En je kent zelf die keuzes ook wel.'

'Het gaat over jou, Robert van Noorden.'

'En ik heb iemand met wie ik over dit soort dingen praat. Dat doe ik wekelijks.'

'Een vriend? Vriendin?'

'Een therapeute. Ik beschouw haar als een vriend,

maar weet dat dit niet wederzijds is, want daar kan ze natuurlijk niet aan beginnen.' Waarschijnlijk doet dit het goed bij hoogopgeleide vrouwen.

'Je bent dus toch kwetsbaarder dan de meeste mensen denken, dan je jezelf voordoet?'

'Dus?'

'Ja, je maakt de indruk dat je iemand bent die denkt: mij kan niets gebeuren.'

'Ja, je zegt terecht dat ik die indruk maak. Dat wil ik ook, die indruk maken. Ik las laatst een interview met Bruce Springsteen. Die zegt dat het altijd neerkomt op de vraag hoe je met jezelf kunt leven. Daar doe je een groot deel van je leven over, geloof ik. Ja, je kunt ook net doen alsof die vraag er niet toe doet en als je om je heen kijkt, merk je dat de meeste mensen besloten hebben dat die vraag er inderdaad niet toe doet. Ik vel daar geen waardeoordeel over, ik stel het alleen maar vast.'

Het loopt tegen drieën, maar het begint donker te worden. Misschien is de stralende Indian Summer nu toch echt afgelopen. De laatste dagen was te ruiken dat er steeds meer herfst in de lucht kroop. Ik loop naar het balkon, al die tijd hebben de deuren opengestaan, ik ruik regen, het kan best zijn dat het gaat onweren. Ik hoor Nicole een vraag stellen waarin geluk voorkomt en zonder me om te draaien zeg ik dat ik over geluk niets te beweren heb: 'Ik ga niet over geluk.' Ze lacht en ik weet niet waarom, maar ik lach ook, want dat kan geen kwaad. Ze stelt een nieuwe vraag en een uur later zegt ze dat ze gaat, dat ze genoeg heeft, de automatische piloot in me heeft zijn werk gedaan, ik maakte een perfecte landing: 'Als je zou horen dat je leven weldra afgelopen is, kun je daarover bedroefd zijn, maar je moet niet schrikken omdat je nog zo veel had willen doen, of nog ernstiger, nog zo veel had móéten doen. Dan ben je niet fijnzinnig met je tijd omgegaan.'

'Fijnzinnig?'

'Fijnzinnig.' Dat woord heb ik nog niet in dit verband gebruikt, maar ik heb mezelf ook nog nooit zo gehoord over het levenseinde, wat ik wel interessant vond en dat kwam goed uit, Nicole Springer had immers gezegd dat het haar interessant leek me te interviewen. Ik heb mijn werk gedaan, zij het hare.

Ik loop met haar mee naar buiten, het regent nog niet, maar dat kan ieder moment gebeuren. Ik houd van deze aanloop, ik heb zin in een wandeling. Ik begeleid haar tot haar auto, een legergroene roestbak, daar geven we elkaar een hand en ik zeg dat ik haar graag nog eens zie. Ze vraagt of ik dat meen.

We weten het niet

Mijn moeder zegt dat ze bang is dat als mijn vader er toch bovenop komt, waar we natuurlijk van uit willen gaan, hij afhankelijk wordt van zorg die ze hem niet meer kan bieden. 'Ik ben óp,' zegt ze. Dat is geen klacht, maar de realiteit. 'En dan moet hij naar zo'n huis en dan kan hij net zo goed dood zijn.'

Het woord 'dood' vermijden we krampachtig, alleen mijn moeder mag het zeggen.

'Hij is sterk,' zeg ik. Dat is hij ook, een sterke man, ik denk graag aan mijn vader als aan een sterke man, trager de laatste jaren, maar dat kan waarschijnlijk niet anders.

Soms wordt me gevraagd of ik een gelukkige jeugd heb gehad, alsof er conclusies verbonden kunnen worden aan welk antwoord ik daarop ook geef. Ja, ik heb een gelukkige jeugd gehad. Ik denk dat ook omdat ik mijn jeugd zo kort vond duren, ik geloof zelfs dat ik dat op dat moment ook vond. Ik was kind en toen dat voorbijging, was ik iemand die iemand moest worden, niet meer iemand die iemand was, ik ging ergens achteraan, ik rende achter de tijd aan die ik nodig had om te doen wat ik wilde doen, en raakte langdurig de weg kwijt in die tijd.

Ik was de oudste zoon, mijn twee zusjes waren erg veel jonger, ik groeide maar vaag met ze op, pas later vonden we elkaar, vanuit drie eigen levens die weinig raakvlakken hadden, terwijl we op elkaar gesteld bleven en in elkaar geïnteresseerd, een familieband die ik ideaal vind. We zien elkaar niet vaak, maar als dat het geval is, voelen we ons gerustgesteld.

Mijn moeder was het gevoel, mijn vader de ratio, ons gezin werd door die tegenstelling zachtmoedig geregeerd. Of zachtmoedigheid de basis is waarvan de toekomst je meedogenloos opeist, is me niet echt duidelijk, het kan me ook niet schelen.

'Hij is sterk,' zeg ik nogmaals.

'Zeg dat hij het niet moet opgeven,' zegt mijn moeder. 'Ik ben zo bang dat hij het opgeeft, hij is zo gelaten.'

Dat zeg ik als ik later die dag naast zijn bed sta, nee, ik zeg het anders: 'Je hebt er toch niet genoeg van?'

Soms lijkt hij ons wel te horen, meestal niet. Hij kijkt me met grote ogen aan, alsof deze vraag hem overvalt, alsof die vraag misschien wel beledigend voor hem is. Hij heeft een kapje om zijn neus en mond waardoor hij zuurstof krijgt toegediend om het ademhalen makkelijker te maken. Ik heb niet de indruk dat hij makkelijker adem-haalt, het lijkt een permanent gevecht.

'Binnenkort drinken we weer een lekker glas wijn,' zeg ik.

Hij knikt, zijn hand maakt het begin van een beweging die moet laten zien hoe hij een glas vasthoudt. Lang geleden dat hij zo trefzeker op iets reageerde.

'Je kunt nog steeds niet praten, hè?'

Hij schudt zijn hoofd.

'Waarom kan hij toch niet praten?' vraag ik aan een verpleegkundige die ik op de gang aanhoud.

'We weten het niet,' zegt ze. 'We weten echt niet wat er aan de hand is. We geven hem straks extra vocht. Misschien verlicht hem dat.'

Ik heb geen idee wat ze bedoelt. Het is net alsof er over de zwakke conditie van mijn vader niet te praten valt.

Ik kus hem op het voorhoofd.

'Ik kom morgen of overmorgen weer. Houd je taai.'

Hij knijpt in mijn hand.

Hebben we al afscheid genomen nu we niet meer met elkaar kunnen praten? Ik had altijd verwacht dat in een situatie als deze clichés over elkaar heen zouden tuimelen, bijvoorbeeld dat we nog zo veel tegen elkaar hadden moeten zeggen. Maar wat dan? En waarom is het niet gezegd? Wat niet werd gezegd moest misschien ook niet worden gezegd, veel wisten we natuurlijk heus wel, we hielpen elkaar door onze mond te houden en misschien is het genoeg dat hij en ik dat weten. Misschien is het allemaal niet te zeggen wat zich tussen vaders en zonen voltrekt, tussen álle vaders en zonen. Ja, zo kan het genoeg zijn.

Er netjes bij liggen

Mijn vader sterft op een dinsdag, in de vroege avond. We zijn erbij, onze familie, nog nooit dacht ik het zo intens, 'onze familie'. We houden zijn handen vast, mijn zusje vraagt zich af of hij het merkt, mijn andere zusje zegt dat dit zo is, ook al reageert hij niet. Mijn moeder knikt hem toe, ga maar, wil ze zeggen, ga maar. Ergens in de momenten die voorafgaan aan dit moment vraag ik me af of ik hiervan ooit een voorstelling heb gemaakt. Ik ging ervan uit dat ik elders zou zijn, dat ik gebeld zou worden, dat ik het hóórde dat hij was gestorven, wat me een oplossing leek voor een probleem dat ik niet kon overzien en als ik dan, van waaruit ook, zou gaan naar de plek waarop hij was opgehouden mijn vader te zijn, kon ik over dat probleem nadenken, terwijl ik niemand over die gedachten iets hoefde te zeggen, omdat ze alleen nog maar belangrijk waren voor mezelf.

Ik heb een paar uur naar hem gekeken en terwijl hij daar moeizaam lag te ademen, dwaalde ik met hem door het leven dat we deelden, de eerste fase van het mijne dag en nacht, later toen ik het huis uit was gegaan, soms, niet al te vaak, misschien had het vaker gemoeten. Hij bleef mijn vader, ik moest van zoon een vriend worden, althans dat zei ik weleens tegen mensen die me naar mijn relatie met mijn vader vroegen. Hij was trots op me toen ik bekend werd, maar ik vond dat hij al eerder trots op me had moeten zijn, maar dat was hij niet, leek me, hij zei het niet, hij vond me stuurloos, te rommelig, een dromer. Misschien had hij gelijk, maar dat gaf ik hem niet, ik maakte het allemaal zelf wel uit, maar zo gaat het ook altijd met vaders en zonen, nog nooit heb ik iets anders gehoord. Hij ging minder werken de laatste jaren, maar bleef aan de juridische faculteit verbonden, hij genoot achting, maar daarover vroeg ik nooit genoeg, ik was thuis dezelfde als in mijn openbare leven, ik deed gemakkelijk alsof alles eenvoudig was en alles ging zoals het gaan moest. Om over iets anders te beginnen was het te laat, ik wist niet eens hoe het moest omdat ik er nooit aan was begonnen. Als het niet goed met me ging, vertoonde ik me niet in het ouderlijk huis, het kwam niet eens in me op. Dan zei ik dat ik het te druk had om te komen, wat ook zo was, al kon ik niet zeggen waarmee dan, maar dat kwam door het grote gat dat die drukte was, het gat waarin ik eindeloos viel.

We hebben nooit gezegd dat we van elkaar hielden.

Dat denk ik op het moment dat hij sterft. Hij geloofde in God, hij geloofde dat hij hierna nog ergens zou zijn, hij wist ook niet waar. Daar is hij nu. En als hij daar is, moet dat zo'n wonderbaarlijke plek zijn dat hij weet dat ik besef dat we nooit tegen elkaar gezegd hebben dat we van elkaar hielden. Misschien zeggen vaders en zonen dat ook niet tegen elkaar, misschien is er geen aanleiding toe. In een liefdesrelatie – vreemd dat ik dit onderscheid maak – doe je dat wel, lucht het je zelfs op, je wílt het zeggen, het móét, maar als het om je ouders gaat, nee. Wel tegen anderen, ik heb tegen anderen af en toe gezegd dat ik van mijn ouders hield, dat je zoiets moet leren, dat je eerst over de vanzelfsprekendheid heen moet dat zij er zijn en dat jij er bent, maar zoiets gebeurt als je volwassen wordt of een tijdje daarna of lange tijd daarna. Als mijn vader daar is waar hij verwachtte te komen, weet hij dit nu, maar verder wil ik daaraan niet meer denken, aan die omstandigheid van mijn vader, want dan voel ik me weer gecontroleerd, net zoals toen ik jong was en niet wist wat ik met mijn leven moest en hij zei dat hij me daarom in de gaten hield, terwijl ik het van hem niet wilde horen: 'Je moet eens naar me luisteren.'

Mijn zusje heeft een verpleegkundige gehaald. Die zegt dat we even op een andere kamer moeten wachten. We kunnen over een kwartiertje terugkomen. 'Dan zorgen wij dat hij er netjes bij ligt.' Mijn vader is niet oud meer, hij is er niet meer, hij moet er netjes bij liggen.

Als we na een kwartier weer in de kamer zijn, is hij witter dan wij hem ooit gezien hebben. Zijn gezicht lijkt van marmer.

'Laten we afscheid nemen,' stel ik voor.

Dat doen we een voor een, we gaan een voor een de kamer uit, mijn moeder als laatste. Mijn zusje kijkt door een kier van de deur of mijn moeder het aankan en begint dan te huilen. 'Ze doet het zo teder,' zegt ze.

De behoefte aan beslotenheid

De hele dag was op een lichte manier plechtig geweest. Op de bijeenkomst voor de crematie spraken vier mensen, twee vrienden, twee vakgenoten. Mijn vader was een aandachtig man, daar begonnen min of meer alle toespraken mee. En een gentleman. Typeringen als edelmoedig, zachtmoedig vielen vaak, ook moedig wanneer het om het innemen van standpunten ging. Drie stelden er vast dat hij weinig geweest zou zijn zonder mijn moeder, die er niet bijzat als iemand die dat graag aanhoorde, maar haast bescheiden aanwezig was.

Ik sloot dat gedeelte van de dag af met een paar herinneringen, onder meer aan een zomervakantie waarin mijn vader zichzelf zo treffend en tegelijk ook ongrijpbaar karakteriseerde. We waren aan zee, ik was veertien, wilde eigenlijk al niet meer mee met mijn ouders en had al besloten dat dit de laatste keer was. Volgend jaar zou ik een fietstocht gaan maken, een onderneming waar ik nu al tegenopzag. Mijn vader ging iedere ochtend mee naar het strand, voor de vorm. Hij zat, bijna geheel gekleed, in een strandstoel, een gammel houten staketsel waarin een doek hing, zo'n ding dat nauwelijks op te zetten viel, maar dat deed hij dan ook niet zelf, dat deed mijn moeder. Hij zat daar zichtbaar niet ontspannen, nee, hij zat erbij alsof hij scherp naar iets moest luisteren en intussen staarde hij naar de zee. Op zijn bovenbenen lag een opengeslagen boek, een veel te dik, log boek met een harde kaft, zo'n boek dat je nooit op een strand ziet. Precies om twaalf uur mocht hij terug naar het vakantiehuis, blijkbaar was dat een afspraak met mijn moeder: 'Toe, in de ochtend doe je gezellig mee.'

In het vakantiehuis had hij een van de kamers boven ingericht als werkkamer en daar deed hij hetzelfde als thuis. Ik vroeg hem eens of hij niet van de vakantie, niet van de zomer hield. We stonden voor het huis, aan het begin van weer een warme en stralende dag. Hij lachte, haalde zijn schouders op en hief zijn handen ten hemel: 'Het is zoveel, al die zon, al die lucht, ik durf me bijna niet te bewegen. Soms vraag ik me af of ik kwijt ben.'

In de aula van het crematorium zei ik dat ik dit herkende, de behoefte aan beslotenheid, aan een stille wereld binnen de grote wereld, aan een andere concentratie dan de alledaagse, aan een andere orde dan de gangbare, en ik wilde erbij zeggen 'weg, wég van álles', maar dat zei ik niet, want zo agressief dacht mijn vader niet, dat is meer mín agressie.

Van het crematorium gingen we naar een café-restaurant dat aan de rivier lag, de rivier van de stad waar mijn vader bijna zestig jaar woonde, mijn geboortestad. Er werd gegeten en gedronken alsof het hierna niet meer mocht, terwijl de sfeer op een aangename manier waardig bleef, niet drukkend of opgeschroefd. Men haalde herinneringen op aan mijn vader die de mijne aan hem soms veranderden of nuanceerden, maar ik kon er nauwelijks over nadenken. Ik was het oudste kind, de enige zoon, altijd al natuurlijk, maar nu was het een functie. En daar onthief ik me pas van toen ik, met mijn zusjes, mijn moeder thuis had gebracht. Ze zei: 'Het was een mooie dag, ja ook een droevige dag, maar toch een mooie dag.' En ook zei ze erbij wat ze die dag al vaker had gezegd: dat hij het zo gewild zou hebben. En ik hoopte dat dit met zijn hele leven het geval was, dat hij had geleefd zoals hij wilde. Maar dat wist ik niet, zoals ik zo weinig van hem wist uiteindelijk. Dat had ik vandaag gemerkt. Van mij was hij vader.

Aan de overkant van de straat staat mijn auto. Ik kan niet meer rijden, ik heb voor een chauffeur gezorgd, Bettina Meeuws, een studente die regelmatig voor de omroepen rijdt en me al een paar keer naar Hilversum heeft gebracht. Ze zei dat ze het graag voor me deed toen ik haar voor vandaag vroeg, en ze is met de trein hierheen gekomen. Ze zegt dat ik op de achterbank moet zitten, dat ik niets hoef te zeggen, dat ze in een plastic tas een en ander voor onderweg heeft gedaan. In die plastic tas zie ik een paar blikjes bier, een zakflacon wodka en een Italiaanse worst, mét een mesje.

'Wat attent van je,' zeg ik. Vandaag was ik vaak ontroerd, maar ik heb niet hoeven huilen. Nu voel ik ineens tranen die zich bijna met geweld naar buiten persen.

'Geeft allemaal niet,' zegt Bettina Meeuws. 'Ga maar lekker zitten.'

Strakker

Ik zeg niets, ik kan niets zeggen omdat ik zo vol zit van alles wat ik wil zeggen, ook niet tegen Bettina Meeuws, die ik nauwelijks ken maar die ik heel dicht bij me voel en dat niet alleen omdat ze voor me zit en mijn auto en mij onmerkbaar hard naar huis rijdt, maar ook vanwege haar aandacht, die me ontroert. Uit de luidsprekers zingt een Franse zangeres ons zacht toe. Bettina vroeg of dat mocht, of ik er geen last van had. Ik heb er geen last van, integendeel, ik heb nergens last van, ook niet van het verdriet dat ik verwachtte. Dat verdriet is er wel, maar het is heel rustig, alsof het zich deze avond na een dag als vandaag terughoudend wil gedragen. Het is of dat verdriet door opluchting wordt omhelsd. Het lijkt alsof mijn leven strakker is geworden, misschien ook helderder.

Ik stel gedachten over mijn vader uit, omdat ik bang ben dat ze die helderheid kunnen verstoren en ik ga hangen in mijn verleden, dat er even helemaal niet toe doet en misschien blijft dat voorlopig zo. Ik betrok mijn vader zelden in beslissingen die ik moest nemen, maar ik heb het gevoel dat ik vanaf nu meer dan ooit alleen sta bij beslissingen. Het is een uitstekende sensatie, ik moet mijn leven gaan veranderen. Wég, wég, suist het glorieus door mijn hoofd. Ik las eens een verhaal van een Amerikaanse schrijver waarin de hoofdpersoon ineens doordrongen wordt van het besef hoe hecht de pijn en de zoetheid van het leven met elkaar verwikkeld zijn en hoewel hij het woord niet noemt, snapte ik toen ik het las, dat hij het over geluk heeft. Ik snap dat nu weer terwijl we door de late avond rijden, over een snelweg met weinig verkeer. We gaan naar huis, maar het voelt als een nieuwe bestemming.

Langzaam kijken

We geven elkaar een hand, Bettina en ik. Ze heeft de auto in mijn straat geparkeerd en de taxi die ik voor haar heb gebeld, arriveerde binnen nauwelijks een minuut. Als ze instapt zegt ze dat ik haar altijd kan bellen. 'Maar voorlopig gaat er niemand dood,' zeg ik, en dat slaat nergens op.

Ik steek over en midden op straat sta ik stil. Ik hoef me maar om te draaien om zeker te weten dat ik niet alleen ben. In het park achter me wordt naar me gekeken, wordt op mij gewacht en even verwacht ik een oplossing voor het vage probleem dat deze aanwezigheid de afgelopen tijd veroorzaakte. Het moet nu voorbij zijn, denk ik, het is alleen maar een kwestie van nu hier blijven staan.

'Ik las het van je vader. In de krant las ik het.' Het is de stem van Louise Koning, ik hoor het meteen, ik schrik er niet van. Ze legt haar hand op mijn schouder. 'Ik was in de buurt. Ik dacht, ik loop even langs je huis, misschien ben je er, misschien ben je alleen. Ja, ik kon me voorstellen dat je alleen was en ik wist niet of dat wel kon, begrijp je? Ik dacht, ik loop langs je huis en ik kijk naar boven en als ik dan een teken van leven zie, dan weet ik dat ik juist handel. Dan moet je niet alleen zijn, bedoel ik. En nu ik je hier op straat zie, weet ik het helemaal zeker. Vind alsjeblieft niet dat ik me opdring, vind alsjeblieft dat het zo moet zijn. Dat je niet alleen bent als je afscheid van je vader hebt genomen.'

Louise ruikt naar zeep van vroeger, van die simpele zeep die iedereen had, waar de hele klas naar rook tijdens het eerste uur van de lesdag, zeep die bij orde en netheid hoort, bij de late jaren vijftig, met een zonnige naam die ik vergeten ben. Nu kijk ik haar aan, zij mij ook, haar hoofd staat iets gebogen, haar gezicht ernstig.

Ik knik, zoek naar een reactie, weet niet of dit me uitkomt.

'Ik dring me niet op,' zegt ze. 'Ik blijf niet lang.'

Ik heb haar twee keer ontmoet, maar het is net alsof dat veel vaker was, alsof we vertrouwd met elkaar zijn en dat heel vanzelfsprekend is.

Ze heeft een korte zwarte jurk aan en weer valt me op hoe lang haar benen zijn.

'Weet je, het is belachelijk, maar ik heb je iets nog niet verteld.'

'Wat?'

'Dat ik je ken van vroeger. Of kennen, dat is niet het

goede woord. We woonden in dezelfde buurt. Kun jij je daarvan iets herinneren?'

'Niets. Het spijt me.'

'Vind je het niet raar dat ik je het nu pas vertel?'

Ik knik, ja, het is raar, als dat het woord is, maar het maakt nu even niets uit.

'Ik zag je soms,' zegt ze. 'Denk eens goed na. Zag je mij ook?'

'Zullen we iets drinken boven?' stel ik voor.

'Ik blijf niet lang,' zegt ze weer.

Ik ga haar voor. Mijn huis ziet eruit alsof er lang niemand is geweest, terwijl ik er vanochtend in alle vroegte nog geschreven heb aan de toespraak over mijn vader. Het lijkt ontstellend lang geleden.

'Mooi,' zegt Louise. Ze kijkt om zich heen. 'Rustig ook. Misschien een stomme vraag, maar komen hier veel mensen?'

'Bijna nooit. Laatst iemand van een tijdschrift.'

'Wie?'

'Ben haar naam vergeten. Ik snap ook niet dat ik haar hier liet komen. Meestal maak ik dat soort afspraken buiten de deur.'

'Wat wilde ze?'

'Weet het niet meer. Diep in me graven, dat wel.'

'Diep in je graven? Laat je dat toe?'

Ik haal mijn schouders op. Waarom moeten we hierover praten?

Ik zet een fles wijn en twee glazen op tafel. Tegen een

kandelaar leunt een foto van mijn vader die niet lang geleden is gemaakt.

'Zullen we op hem drinken?' zeg ik, naar de foto wijzend.

Louise kijkt naar de foto.

'Weet je dat ik me hem herinner van vroeger? Ik zie hem staan in de tuin voor jullie huis. Ik heb een scherp geheugen. Jij?'

'Voor sommige dingen wel.'

'Welke dingen?'

'Zo veel verschillende. Het vreemde is dat er geen verband tussen zit. Ik bedoel, het zijn niet allemaal belangrijke momenten. Ook heel triviale, soms zulke triviale momenten dat je je afvraagt waarom je geheugen er aandacht aan besteedt. Raadselachtige anarchie heerst daar.'

'Raadselachtig, zeg dat wel. Heb je weleens over mij nagedacht?'

'Over jou?'

'Je dacht niet: ik ken haar ergens van? Van vroeger, bedoel ik. Ik heb jou gezien, ik herinner me je. Ik herinner me zelfs je vader.'

'Ik heb je gezien, ja,' zeg ik. Ik zeg het omdat ik denk dat dit moet, dat het beter is. 'Ik herinner me je, maar de herinnering is alleen maar dat ik je zie, niet wat ik erbij dacht of wat dat in me losmaakte.' Ik merk dat de automatische piloot op stoom aan het komen is.

'Vreemd eigenlijk,' zegt ze.

'Wat is vreemd?'

'We hebben elkaar eens heel intens aangekeken. Misschien was het geen aankijken wat je deed, misschien keek je alleen maar naar me, maar het was wel intens.'

'Intens? Weet je dat zeker?'

'Dat weet ik heel zeker, Robert.'

Ze zwijgt. Het is alsof ze zich niet goed voelt. Haar gezicht is anders dan ik van haar ken. Nou ja, voor zover ik haar ken dan, ik weet niet wat het is.

'Wat is er?' vraag ik.

'Ik doe het niet goed,' zegt ze.

'Wat doe je niet goed?'

'Ik kom hier vanwege je vader. Ik kom voor jou. En ik heb het over iets anders.'

'Het geeft niet. Ik weet niet of ik het nu over mijn vader wil hebben. Of over mezelf. En je begrijpt dat ik ook niet dacht dat dit vanavond...' Ik kijk op mijn horloge, het is kwart voor een. 'Dat dit vannacht zou gebeuren. Ik had niet op je komst gerekend.'

'Vind je het erg?'

'Nee.'

Ze zet haar glas neer, ze leunt tegen de tafel, haar lange benen over elkaar geslagen, het is alsof ze wil dat ik naar haar toe kom en haar kus. Ik denk ook dat ik dit wil.

De bel gaat. Er verandert niets in hoe Louise naar me kijkt, ik noem het: langzaam kijken.

'De bel,' zeg ik.

'Ik hoor het.'

Het kan alleen maar Lenny zijn. Hij was in Kenia, om

een vriend te helpen, ook een documentairemaker, hij kon niet eerder dan vandaag vertrekken, anders was hij natuurlijk bij me geweest.

'Ik moet opendoen,' zeg ik.

'Wie is het?'

'Mijn beste vriend.'

'Oké. Dan ga ik. Het was een opwelling.'

'Ik waardeer het.'

Ik kon altijd vanuit mijn etage de voordeur beneden openen, maar er is iets kapot in de verbinding, ik moet naar beneden. Louise volgt me.

Lenny omhelst me misschien wel een volle minuut. Dan pas ziet hij Louise.

'Ik stoor toch niet?' vraagt hij.

'Ik ging net weg. Louise Koning.' Ze geeft hem een hand.

'Lennaert van de Wetering,' zegt Lenny.

'Ga maar alvast naar boven. Ik kom zo.' Ik moet nog iets tegen Louise zeggen, maar als Lenny de trap op loopt, weet ik niet wat. We staan bijna tegen elkaar aan. Dan pakt ze mijn hoofd en trekt dat naar het hare, snel, met een ruk, ik voel haar lippen, haar adem, haar tong. Lang, heel lang kussen we elkaar en al die tijd heeft ze mijn hoofd met beide handen vast. Plotseling drukt ze dat naar achteren, ze kijkt me fel aan: 'Maar je moet wel iets doen aan dat geheugen van je, Robert van Noorden.'

Ik moet vragen wat ze bedoelt, maar ze loopt bij me vandaan en steekt de straat over. Aan de overkant draait ze zich om en komt tot halverwege terug: 'Ik heb John over je verteld. John is mijn man. Hij zou het leuk vinden als je een keer langskwam. Ik ook. Als je zin hebt, moet je bellen. Ik sta in het telefoonboek.' Ze draait zich weer om en loopt de duisternis van het park in.

Natuurlijk vraagt Lenny: 'Wie wás dat?'
'Je moet me geloven als ik je zeg dat ik het echt niet weet.'
'Maar ze was hier.'
'Ze was hier. Ze is er de hele tijd ineens, ergens.'
'De hele tijd?'
'Nou ja, dit was de derde keer dat ik haar zag, maar het lijkt veel vaker.'
'Wil je iets met haar?'
'Nee.'
'Zij iets met jou? Moet ze iets van jou?'
Ik wil antwoorden dat ik dat niet weet, maar plotseling is het me duidelijk dat ik dat wél weet: Louise Koning is vanavond niet voor niets gekomen, niet alleen omdat ze vond dat ik niet alleen moest zijn. Het gaat haar om iets anders dan wat Lenny bedoelt, dat weet ik ook zeker: ik faal in iets.

Dat zeg ik tegen Lenny.
'Heb je haar iets geflikt?' vraagt hij.
Ik loop naar het raam, ergens in deze nacht loopt ze of rijdt ze op een fiets of in een auto.

Lenny is mijn vriend, nog nooit hield ik iets voor hem

verborgen, bij hem speel ik nooit mijn hoofdrol, maar nu zeg ik iets niet, maar ik weet niet wat, ik houd iets verborgen maar ik weet niet wat, er verbergt zich iets in me maar ik weet niet waar en hoe dat te vinden. Ik faal in iets.

Vanuit een verte

Daniëlle vraagt wat ik voor Louise voel.

'Niets speciaals,' zeg ik.

'Je wilde haar kussen. Je kuste haar.'

'Ik wilde die intimiteit.'

'Waarom?'

'Daar heb ik ook over nagedacht. Mijn vader was die dag gecremeerd. Ik had er behoefte aan. Hoe gaat dat liedje ook alweer: twee zachte armen om me heen. Maar er was nog iets. Ik heb het gevoel dat ze me vanuit een verte bekijkt. Ook die avond, ja. En die verte is niet zozeer een afstand tussen jij bent daar en ik ben hier, maar meer in tijd, ik kan het niet goed uitleggen. Een verte in ieder geval. Zo gek dat ze nu pas vertelde dat ze me van vroeger kende. Dat zeg je toch als eerste wanneer je iemand herkent? Die verte wilde ik weg hebben. Daarom.'

'Haar kussen.'

'Ja.'

'En toen je hoorde dat ze een man had?'

'Niks. Interesseerde me niet, geloof ik.'

'Ga je erheen?'

'Ja.'

'Waarom?'

'Nieuwsgierigheid.'

'Waarnaar?'

'Weet ik niet.'

'Vind je het belangrijk dat we het nog een keer over haar hebben? De volgende keer bijvoorbeeld?'

'Weet ik niet.'

'Dan doen we dat.'

Ze laat me uit, weer lopen we door de brede gang met vlammend marmer. Soms denk ik aan dat marmer en dan voel ik opluchting. Ik ben altijd opgelucht als ik bij Daniëlle wegga. Het karwei zit er weer op, denk ik dan.

Bij de voordeur zegt ze dat ik goed moet uitkijken als ik de straat oversteek. Vanochtend was ze bijna door een auto geschept. Een of andere idioot reed wel meer dan honderd door deze stille straat.

'Als ik eraan denk, slaat m'n hart weer over.'

Er is niemand te zien in de straat, in deze uithoek van de stad. Ik zei weleens tegen Daniëlle dat ze op de rand van mijn leven woont, dat ik eruit tuimel als ik nog verder ga.

'Ik houd je wel vast,' zei Daniëlle.

Ik leid twee levens

Het is een concentratieprobleem, denk ik. Het kan ook zijn dat ik moe ben. Sinds de crematie van mijn vader slaap ik nauwelijks, ja, soms even overdag, en dan word ik wakker door een telefoon of van een geluid op straat, waardoor de werkelijkheid me telkens hard overvalt. Ik droom bijna altijd meteen als ik slaap, ik leid twee levens, en ik krijg niet de tijd of de rust me uit die dromen los te maken. Daarvan raak ik in de war.

Ik kijk tegen de rug van de minister van Ontwikkelingssamenwerking aan die het tot de nok gevulde Carré toespreekt, ik versta hem slecht. Ver weg in Azië zijn grote gebieden door een overstroming getroffen. Vanavond wordt er geld ingezameld. Bekende Nederlanders hebben schilderijen gemaakt die ik dadelijk moet veilen. Het draaiboek gebiedt dat ik daarover twintig minuten mag doen, het zijn tien schilderijen. Het schilderij dat in mijn ogen het beste is moet ik tot het laatst bewaren. Het is gemaakt door een zangeres die haar liedjes geen liedjes noemt maar stukken, het stelt een onbewoonde stad voor, De wereld van morgen heet het, het is niet slecht gedaan. De zangeres treedt meteen na de veiling op met een stuk. Zojuist hoorde ik haar zeggen dat ze moest kotsen van de zenuwen: 'Dat moet ik altijd, gek hè?'

Applaus klinkt op, de minister is klaar. Met een houten hamer loop ik naar het spreekgestoelte, waar ik me uit mezelf optil en zeg dat ik aangenaam verrast ben door de kwaliteit van de schilderijen. Vervolgens leg ik uit waarom. In de coulissen staat een man met een hoofdtelefoon op en een groot klembord. Hij tikt nerveus op zijn horloge, ik jaag de schilderijen er doorheen. Als ik bij De wereld van morgen ben aangekomen, heb ik bijna honderdduizend euro losgepraat. Een danseres houdt het laatste schilderij omhoog, ik wijs ernaar: 'Een lege wereld, een lege stad, toch zit er beweging in, ik weiger het te zien als een eindpunt, ik weiger het te zien als een stad die verlaten is.' Ik kan niet op de naam van de zangeres komen. 'Ik zie een dynamiek die de maakster geraffineerd en dwingend aanwezig laat zijn, en die aanwezigheid is hoop, die aanwezigheid is optimisme. Het is de belofte van een nieuwe toekomst. Het is die nieuwe toekomst die ons bindt. Dat is het licht dat in dit werk straalt. Ik begin met tienduizend euro.'

Na nog geen twee minuten zit ik op vierentwintigduizend. Ik hamer af.

De minister van Ontwikkelingssamenwerking komt me een hand geven, de presentator van de avond, een op turbosnelheid sprekende cabaretier met in iedere zin een grapje, kondigt de maakster van *De wereld van morgen* aan, Hanna Kanters met haar grote succes *In het weekend houd ik van jou.* In de artiestenfoyer wacht Lenny op me. Hij drinkt bier. Voor hem staat een bord met oesters.

'Ik denk weleens: nu is het genoeg geweest,' zegt hij.

'Ja. Ik ben bekaf.'

'Je vindt het zelf ook?'

'Ja.'

'Moet ik je stoppen?'

'Dat gebeurt gewoon. Ik weet het zeker, het gebeurt gewoon.'

'Je kunt het ook láten gebeuren. Op welk inzicht wacht je?'

Het wordt steeds drukker in de foyer: clowns, dansers, danseressen, popmusici. Ik zie een actrice die ik bewonder, ze is jong, ze is in een internationale carrière beland en ik las laatst een interview waarin ze vertelde over haar eetprobleem en over zelfhaat.

Tegen Daniëlle zei ik onlangs dat ik alle schuld die in me huist, wilde laten imploderen. Toen ik jong was moest er niet ver van ons vandaan een toren worden opgeblazen, vanwege instortingsgevaar. De hele buurt was uitgelopen, ik stond tussen mijn ouders in. Ik had iets gewelddadigs verwacht, maar het leek wel alsof die toren opgelucht in elkaar zakte. Daarna was het even heel erg stil en toen begon iedereen te klappen. 'Die stilte,' zei ik. 'Die stilte, daar heb ik het over.'

Ik moet dit nu ook zeggen, nu Lenny naar een inzicht vraagt, maar ik moet het dan ook uitleggen en dat is niet mogelijk.

Het Zuivelhuis

John Kervers doet me denken aan klasgenoten van vroeger bij wie ik me onmiddellijk op mijn gemak voelde. Het waren er niet veel, jongens die op een bescheiden maar toch besliste manier uitkwamen voor wat ze belangrijk vonden, van dieren hielden en dat de normaalste zaak van de wereld vonden, boeken lazen, geïnteresseerd waren in nieuwe muziek, niet de hele tijd schor schreeuwden of schampere stompen gaven, en altijd wat bedachtzaam spraken. Ik hoopte dat ik zelf ook zo was, maar dat wist ik niet zeker. Ik zag tegen ze op, maar als ze dat in de gaten zouden hebben, hadden ze gezegd dat ik dat absoluut niet moest doen. Het waren echt niet de braafste jongens van de klas, ze waren, wat mijn moeder vaak noemde 'anders'. 'Jij bent ook anders,' zei ze er dan bij, terwijl ze haar hoofd schudde. 'Dat is niet altijd makkelijk.' Ik vroeg niet voor wie, want ik had al besloten dat ik degene was voor wie het niet altijd makkelijk kon zijn.

John Kervers is schrijver. Dat zei Louise toen ik haar belde om een afspraak te maken. Ze stelde voor dat ik in de namiddag kwam. 'John werkt altijd tot een uur of vijf. Over een maand moet hij zijn nieuwe boek inleveren. Hij is vrij strikt in zijn werktijden.'

Ik ben er iets na vijven.

'Dit is Robert,' zegt Louise. Uit haar toon zou ik kunnen afleiden dat ze bang is dat ik een beetje tegenval of dat mijn aanwezigheid ongemakkelijk of zoiets is, maar ze heeft me zelf gevraagd te komen.

'Ik stoor toch niet?' vraag ik.

'Natuurlijk niet.' John geeft me een krachtige hand. 'Wies heeft me al veel over je verteld.'

Wies? Veel over me verteld? Wat kan ze allemaal over me vertellen?

'Valt wel mee,' zegt Louise alsof ze mijn gedachten raadt. Ze is een beetje nerveus, ik zie dat aan haar mondhoeken. Waarschijnlijk zou ik dat zelf ook zijn als je levens die weinig met elkaar te maken hebben op een vrij willekeurige manier bij elkaar brengt. Waartoe kan zoiets leiden?

'Heel stom,' zeg ik. 'Maar ik heb nog nooit iets van je gelezen en om het nog stommer te maken, ik had nog niet van je gehoord.'

John lacht en schudt zijn hoofd.

'Weet je dat ik dit al zo vaak heb gehoord dat het me niet meer verbaast of verontrust of chagrijnig maakt? Een paar jaar geleden begon iedere interviewer met die opmerking. Of ik het erg vond dat zo weinig mensen me kenden? Alsof ik daarvan wakker lag.'

'Hij heeft zestien boeken geschreven,' zegt Louise.

'Rub it in,' zeg ik.

'Maak je niet druk,' zegt John. 'Mij interesseert het echt niet. En dat bedoel ik niet misprijzend.' Intussen gebaart hij naar een stoel, een versleten fauteuil van bruin leer met daarnaast aan de ene kant een stapel kranten en aan de andere kant een paar stapels boeken. 'Ik ken jou wel,' vervolgt hij. 'Ik heb zelfs een boek van je gelezen, *De verhalen van Hopper*, en dat stemde me opgetogen, moet ik zeggen. Buitengewoon boeiend. Had je toch ook succes mee? Nog, veronderstel ik? Hij schilderde toch min of meer de hele Amerikaanse literatuur bij elkaar. Je verwees naar veel schrijvers die ik bewonder.'

'Het is maar een beginnetje, dat boek. Ik heb een groter boek in gedachten. Dat moet er ooit van komen, later.' Altijd als ik 'later' zeg denk ik aan een ver land waar ik lopend heen moet.

Ik kijk naar de boekenkast waarvoor hij staat. Op het eerste gezicht uitsluitend Amerikaanse schrijvers. Nee, ik zie ook Tsjechov, maar ja, van hem hebben ze het allemaal geleerd. John gaat nu ook zitten, Louise verlaat de kamer.

'Ik benijd je niet,' zegt hij. 'Begrijp me niet verkeerd, ik vind het zeer amusant hoe je je bij van alles manifesteert, maar ja, je moet wel de hele tijd aan allerlei verwachtingen voldoen. Ik neem aan dat je daar soms moe van wordt, of gek.'

'Alle twee.'

Hij lacht, denkt even na en lacht weer.

'We gaan wat drinken. Ik ben alvast begonnen.' Hij wijst naar de fles wodka die naast zijn stoel staat. 'Jij ook?'

'Graag.'

Hij geeft me een glas en schenkt in.

'IJs?'

'Als je hebt.'

'Anders vroeg ik het niet. Wies!'

Louise komt de kamer weer binnen, met een ijsemmertje, twee flesjes bier en een glas witte wijn.

'Ik geloof dat mijn probleem is dat ik altijd precies weet wat er gaat gebeuren,' zegt ze. 'Ik wachtte op je stem die zou roepen om wat ik al had klaargezet. Dat maakt het leven verdomd oninteressant. Behalve natuurlijk als je de hele tijd wilt weten of het klopt wat je verwacht.'

John lacht. Hij lijkt me iemand die veel lacht.

'Ik schrijf het zo allemaal op,' zegt hij. 'Wies is continu een personage in een verhaal dat nog niet geschreven is. Hoeft ook niet. Zij ís dat verhaal.'

'Ik heb je uiteraard even opgezocht op Google,' zeg ik. 'Het is niet niks. Dat meen ik. Geziene auteur, veel geprezen, maar telkens wordt gemeld dat je ten onrechte zo onbekend bent. Het is raar als het zo vaak wordt gezegd.'

De wand tegenover de boekenkast hangt vol kunst, vooral grafiek. De kleur blauw overheerst. Ook staat er een laag kastje, wijnrood gelakt, met daarop wat foto's waarvan er een mijn aandacht trekt: een jong meisje, zonder twijfel Louise, in een lange witte jurk, hand als een dakje boven haar ogen om zich tegen de zon te beschermen, een zonnige dag ja. Tussen de foto's staat een witte schaal met vruchten. Alles in deze ruimte getuigt van kalmte. In deze kamer wordt nooit ruziegemaakt, dat weet ik zeker, er worden geen verwijten heen en weer geslingerd, niets wordt opgekropt, John en Louise leiden een leven waarin ze elkaar met warm respect bejegenen. 'Het maakt John echt niets uit,' zegt Louise. 'Het is goed zo.'

Ik ken niet veel schrijvers, maar van de meeste weet ik zeker dat ze nooit zullen zeggen of denken 'Het is goed zo', ook niet als ze succes hebben en alom geprezen worden. Er is altijd wat. Een klaaggrage bevolkingsgroep waarvan samenscholingen een ontmoedigende aanblik bieden.

'Waarom zou ik zeuren,' zegt John. 'Ik doe wat ik wil en wat ik doe wil ik het liefste. Ik wist als kind al dat ik schrijvend wilde leven, ik bedacht toen al de hele tijd van alles bij wat ik zag of meemaakte, alleen daarom was de wereld draaglijk, om dat hysterische woord maar eens te gebruiken, al die aanleidingen om nieuwe situaties te bedenken die er nog niet waren. Laat mij maar in die wereld, dacht ik toen al, in míjn wereld, en dat denk ik nog steeds. Er is ook geen enkele reden om eruit weg te gaan. Dáár...' hij wijst naar een gesloten deur, '...daarachter gebeurt wat ik wil dat er gebeurt. Ik kom er nauwelijks uit. Ja, soms voor een wandeling, en een paar keer per jaar gaan we op reis.'

'Over twee weken naar Sevilla,' zegt Louise.

'Bijvoorbeeld naar Sevilla.'

'Ik zie je ook nooit,' zeg ik.

'Hoezo?'

'Nou, ik kom weleens ergens, niet altijd even monter hoor, op bijeenkomsten die feestelijk genoemd worden, en soms denk ik: als de boel hier ontploft, is er van de huidige Nederlandse cultuur geen moer over.'

'O ja, dat soort bijeenkomsten. Weet je, lang geleden dacht ik dat het belangrijk was dat ik overal kwam, dacht ik dat je erbij hoorde als je overal bij was, dacht ik dat ik het leuk vond collega's te ontmoeten en andere verwante geesten, maar ik werd daar zenuwachtig van. Het leek vaak alsof ik op bijeenkomsten van staatslieden terecht was gekomen. Ik wist helemaal niet dat dat soort gewichtigheid bestond. Ik begon er enorm van te drinken. Voordat ik ging dus. Voelde ik me wat losser. Maar ja, dan was ik weer veel te enthousiast voor die gelegenheden. Enthousiasme is in die kringen strikt verboden. Laten we erover ophouden, alsjeblieft. Het lijkt net of ik zeur. Ben je gek, man. Nogmaals, ik verzin een leven naast het mijne, die levens vallen zelfs vaak samen, en eens in de twee jaar breng ik een manuscript naar mijn uitgever en die is daar blij mee en daar ben ik weer blij mee. En een paar maanden later lees ik van alles over dat boek en of dat nu positief of negatief is, het glijdt langs me heen, ik ben allang weer op weg in een ander verzonnen leven. Misschien is het enige waarover ik me druk maak de vraag wie ik ben en wie ik verzin, maar ook die vraag begin ik steeds minder belangrijk te vinden. Wat maakt het uit, het gebeurt allemaal.'

Misschien ben ik wel jaloers op John Kervers, op de manier waarop hij met zichzelf heeft leren leven. Ik kijk naar Louise, zij kijkt naar mij, bestuderend, geloof ik, alsof ze wil zien of ik het allemaal begrijp, maar het is niet zo moeilijk te begrijpen. Wie ik ben overkomt me ook maar, ik heb ook niet de behoefte in te grijpen. John schenkt de glazen opnieuw vol, Louise maakt de pijpjes bier open.

'Het is trouwens wel bijzonder dat jullie elkaar ontmoet hebben,' zegt John. 'Alle twee uit het stralende Nijmegen. Ver weg van hier. O ja, ik kom ook uit de provincie, zoals ze dat noemen, uit het westen van Brabant. Dan heb je het in het begin ook moeilijk, hoor, als je erbij wilt horen.'

Ja, het is vreemd, hinderlijk dat Louise me niet vertelde op die zomeravond dat ze ook uit Nijmegen komt. Wat doet je besluiten zoiets voor je te houden?

'Ja, jij weet dat dus niet meer,' zegt Louise. 'Maar ik herinner me jou wel.'

Waarom zegt ze het wéér?

'Toen ik je voor het eerst weer zag, zag ik ook die jongen van toen in je. Dat is niet verkeerd, als ik het zo mag zeggen.'

'Maar je zei het niet.'

'Ik wilde dat je daar zelf achter zou komen. Ineens, in een flits.'

'Ik herinner me veel minder dan ik zou willen.'

'Ach, wat heb je ook aan dat soort herinneringen.' Ze kijkt ernstig nu, en cynisch. Even heb ik de indruk dat ze mijn geheugen verwijt dat het zo nonchalant functioneert.

'Je had het een keer over je jeugd, in dat jubileumprogramma van die omroep, toen het over katholicisme ging. Ik zag het toevallig en dacht: o ja.'

'O ja?'

Het is net alsof we weer in de nacht na mijn vaders crematie zijn.

'Ineens zag ik je weer door de buurt lopen. Je was vaak alleen. Of niet?'

'Ja.'

'Ik trok altijd op met de dochter van de kruidenier, Treesje de Winter. Die ken je vast nog wel. Alle jongens waren gek op haar.'

'Het Zuivelhuis!'

'Ja, het Zuivelhuis!' Het is alsof Louise opgelucht is dat ik iets deel. Ineens is het de normaalste zaak van de wereld dat onze wegen elkaar vroeger gekruist hebben, gewoon 'een gegeven'. Treesje de Winter droeg als eerste in onze buurt een minirok, ze had lange, melkwitte benen, en keek altijd ontzettend raadselachtig. Louise zie ik niet in haar buurt, geen moment. Alles is even adembenemend wég, mijn ouders in die dagen, ons huis, mijn kamer in dat huis, hoe ik mijn dagen doorbracht, de school die ik bezocht, wég, ik zie alleen Treesje de Winter met die benen van haar, ik zie haar lopen alsof ze zin heeft om te springen, de hele tijd maar te springen. Ik voel me plotseling moe en vreemd verdrietig, ik wil naar huis, ik zit hier maar.

Ik zeg dat me ineens iets te binnen schiet. Ik verontschuldig me: ik moet nog werken, iets voorbereiden, want morgen zit ik in een programma over de jaren zestig. Ik bereid nooit iets voor, ik zou niet weten hoe dat moet, de vluchtigheid waarin ik voortdurend terechtkom verdraagt geen voorbereiding. Ik zit morgen ook niet in een programma over de jaren zestig.

Ze begrijpen me, Louise en John, ik moet snel eens terugkomen, als ik zin heb. Ik mompel dat ik dat graag doe, hoewel ik niet weet of dat goed is en ik niet weet waarom ik dat niet weet, maar er is iets wat me beangstigt, leegte in mijn hoofd, een dof onvermogen.

Ik geef ze een hand, John en Louise, ze vragen of alles in orde is, ik zeg dat ik het gezellig vond, ik bedank hen. Ik kijk nog even naar de foto voordat ik de kamer verlaat, Louise met haar hand als een dakje boven haar ogen; we hebben waarschijnlijk vaak hetzelfde gezien, toen.

Buiten versnel ik meteen mijn pas. Een paar honderd meter verder weet ik een taxistandplaats in de oude stad. John Kervers en Louise Koning wonen in een hoge flat aan het water dat de stad onderbreekt, aan de overkant gaat die weer verder, daar lijkt het een bedachte stad. Het is alsof het water het leven begrenst waarvan Louise en ik ooit samen deel uitmaakten en ik door die grens scherp moet gaan nadenken wanneer dat was en wat het betekende.

Terwijl ik terugloop naar de oude stad vraag ik me af of je aan hoe iemand kijkt kunt zien waarnaar die kijkt? Hebben Louise en ik naar hetzelfde gekeken? En wanneer zagen we elkaar zonder dat we dat wisten? Zij heeft mij gezien, in die jaren. Ze herinnert zich dat ik vaak alleen was. Waarom herinner ik me haar niet, terwijl iets in me zegt dat ik ergens een herinnering moet hebben waarin ze voorkomt, ik moet alleen goed kijken. Waarom kan ik dat niet?

Verzet

In de nacht na mijn bezoek aan John en Louise heb ik een droom vol snelheid. Die snelheid is onheilspellend. Als ik wakker word uit die droom moet ik iets van me af schudden. Ik verlaat mijn bed en kijk uit het raam. In de stilte en roerloosheid in het park tegenover mijn huis is er iets wat te maken heeft met de verontrustende snelheid uit mijn droom van zojuist. Ik word er moe van. Het is die bekende vermoeidheid die zo zwaar is dat je er niet van kunt uitrusten. Ik heb het daar weleens met Daniëlle over gehad.

'Verlang je naar die rust?' vroeg ze.

'Ja.'

'Maar misschien sta je je die niet toe.'

'Hoe bedoel je?'

'Je mag niet rusten. Dat bedoel ik. Je mag niet rusten van jezelf. Je vindt dat je dat niet verdiend hebt. Denk daar eens over na.'

'Dat kan ik niet, daarover nadenken. Ik weet niet waarover.'

'Toch moet je daarachter komen. Er is iets gebeurd. Die snelheid komt vaker voor. Je hebt het me vaker verteld.'

'Misschien ging er iets zo snel dat ik niet in de gaten had wat er gebeurde.'

'Maar waarschijnlijk weet je het wel.'

'En wil ik het niet weten.'

'Ja, je verzet je.'

'Maar ik wil me niet verzetten. Waarom zou ik?'

'Ja, waarom zou je? Geef eens antwoord op die vraag.'

Ze zweeg even en keek uit het raam, een herfstige namiddag, in de verte een man met een bladblazer, het geluid ervan drong nauwelijks tot de praktijkruimte door, terwijl ik het wel hoorde omdat ik wist hoe het klonk, een onbelangrijke herinnering aan een onbelangrijk geluid.

'Ben je weleens gevlucht voor iets?' vroeg Daniëlle.

'Voor iemand?'

'Nee.'

'Wat zeg je dat snel. Je wilt daar vast niet over nadenken.' Lachje.

Het lachje van Daniëlle Timmers, ik merk dat ik het imiteer. Ik moet mijn moeder bellen. Dat doe ik iedere dag. Ze zegt dat de afwezigheid van mijn vader zo groot, zo overweldigend is dat ze er vaak radeloos van wordt, dat ze dan voelt dat ze moet huilen, terwijl ze het niet doet, alsof het verdriet nog even tijd nodig heeft om haar helemaal te vervullen. 'Ik moet nog zo veel regelen. Gelukkig helpen je zusjes me.' Ik help haar niet genoeg.

De telefoon gaat. Misschien belt ze mij, misschien ben ik vandaag te laat met mijn telefoontje. De stem herken ik meteen. David, de pianist, de nieuwe man van Vera, de zachte, schorre stem, de stem van iemand die niet veel praat.

'Ik denk dat ik u moet bellen,' zegt hij. Dan zwijgt hij. Ik krijg het koud, er is iets ontstellends aan het gebeuren, ik ben ervan overtuigd.

'Gisteravond, vannacht...' zegt hij. Ik hoor een cello, Bach. 'Vera heeft een ongeluk gehad. Een auto. Vannacht. We kwamen thuis van een concert. Ik was al bij de deur. Zij sluit de auto af. Toen, ineens.'

Schiet op, denk ik, schiet alsjeblieft op, ik kan hem niet onderbreken.

'Het ging zo vlug. Ik bid God dat ze het niet eens gemerkt heeft.'

'Is ze...'

'Ik rende naar haar toe. Ze moet meteen... Haar hoofd.'

Weer stilte. Nee, niet helemaal. In de verte die cello.

'Hallo,' zegt hij na een tijdje.

'Ja.'

'Ik moest het u vertellen, denk ik.'

'Ja.'

'Het ging zo vlug. Dat het zo vlug kan gebeuren. Zo

vlug dat het niet waar kan zijn. Dat dacht ik even. Ik stond bij de deur en ik keek om en toen was die auto al weg.'

'Weg?'

'Ja.'

'Je bedoelt dat die...'

'Ja. Het is niet te geloven, het is echt niet te geloven.'

'Ook later niet?'

'Wat bedoelt u?'

'Die bestuurder heeft zich niet...'

'Nee. Het is niet te geloven.'

'En niemand heeft het gezien?'

'Niemand. Het was al over enen.'

Weer stilte.

'Kan ik iets voor je doen?' vraag ik.

'Nee. Ik moest het u vertellen.'

'En wanneer wordt ze...'

'Zaterdag.'

Over vier dagen. Kan ik daarheen? Ik denk aan Beppe.

'Mijnheer Van Noorden?'

Hij is formeel, misschien heeft hij dat nodig.

'Ja.'

'God zal hem ter verantwoording roepen.'

'Helpt je dat?' Ik heb meteen spijt van deze vraag.

'Ja, natuurlijk.'

Dan verbreekt hij de verbinding.

Het is een vreemd verdriet dat ik voel, afstandelijk, als-of het niet mag.

Vera gaf hem een reden me te bellen.

Tuin van de eeuwigheid

Het groen geurt al naar de herfst, misschien heeft de urenlange harde regen van vannacht een einde gemaakt aan de zomer van dit jaar. Aan alles was te merken dat dit deze dagen moest gebeuren. De wind werd harder, de hemel bleker. Honderd meter verder is de begraafplaats, vanaf de bank waarop ik zit, tussen de bomen, met uitzicht op de rivier die haast lijkt te hebben, zag ik zojuist een kleine groep mensen door de poort lopen; ik herkende Beppe en Pintje, ik geloof dat ik ook Andrea zag, David, de pianist, met zijn dochter Mimi. Had ik meer mensen verwacht? Ik weet niets van het leven dat Vera de afgelopen jaren leidde, niets van de school die ze bezocht, de vrienden en vriendinnen die ze kreeg, niets van de amusementswereld waarin Beppe haar liet werken, ik kan me Vera daarin helemaal niet voorstellen.

Ik besloot niet naar de plechtigheid te gaan, niet uit

lafheid, dat weet ik zeker, maar ik wil Beppe en Pintje niet in de weg zitten op een dag als deze. Maar ik ben er toch, ik zit hier, ik denk aan Vera, ik denk haar zo dichtbij mogelijk, ik probeer haar diep in me te hebben, zo diep dat ze zich nooit meer uit me kan losmaken. Ik ga terug naar de dagen die ik met haar doorbracht, naar de verbondenheid die we voelden. Als het duidelijk was wat dat betekende, waren we het misschien snel daarna vergeten, waren het alleen maar wat zomerse dagen geweest die langzaam in de tijd zouden verbleken. We kwamen in de buurt van een raadsel dat er altijd is, ergens in je, dat een beweging veroorzaakt waarvan je de richting niet weet, maar van waaruit je kijkt naar alles om je heen, van waaruit je alles meemaakt zoals je het meemaakt. Het heeft met liefde te maken, met zuiverheid, met geheime overgave. We waren even zonder verleden, zonder omgeving, zonder toekomst.

Ik ben ervan overtuigd dat het een paar keer in je leven voorkomt dat je door iets geraakt wordt zonder dat je kunt zeggen wat het is, terwijl je intens beseft dat het iets wezenlijks verandert. Gisteren was ik vroeg aan zee om aan Vera te denken, om aan mijn vader te denken, ik moest ineens naar zee. En als nooit tevoren zag ik het ochtendlicht daar, gevangen in breekbare kleuren. Zo'n moment. Of het moment dat Vera vroeg of ik haar hond had gezien. Die hond zal allang dood zijn. Ik stel me Vera voor die afscheid van hem neemt, haar verdriet als ze zeker weet dat ze nooit, nooit meer met hem zal wandelen, nooit, nooit meer iets tegen hem zal zeggen. Hoe waren haar dagen daarna? Hoe was de dag waarop ze zich voornam voor Mimi te zorgen, haar nieuwe moeder te worden, samen te leven met de pianist die in God gelooft? Zou zijn God haar ook geholpen hebben? Het woord 'genade' schiet me te binnen, maar waait meteen weer uit me, het blijft rond mijn hoofd dwarrelen zonder dat ik het kan pakken.

Ik ken de kleine aula van deze begraafplaats. Als dadelijk alles is gezegd wat vandaag gezegd moest worden, gaan de deuren open naar het kerkhof, het mooiste kerkhof van de stad, een klein, vriendschappelijk landschap, een stille tuin van de eeuwigheid. Alle seizoenen zijn er zichtbaar, ongeacht het jaargetijde.

Mijn vader was aan zijn memoires begonnen, alleen voor ons, zijn gezin. Het is helaas bij een begin gebleven, een paar fragmenten over zijn jeugd die hij gelukkig vond. In de inleiding had hij geschreven dat hij gecremeerd wilde worden. Zijn as hebben we nog niet verstrooid. Zijn wens is dat dit gebeurt op een grasveld naast het crematorium. Ik ben er even geweest op de dag van de crematie, er is niets mis mee, maar eerder dacht ik nooit aan dat grasveld, er is daar niets wat aan mijn vader doet denken. We zijn er nog niet aan toe, aan het verstrooien. Graag had ik gewild dat hij in een graf lag, met zijn naam erop, de lengte van zijn leven tussen twee data.

Morgen of overmorgen zal ik het graf van Vera bezoeken. Van welke bloemen ze hield, weet ik niet.

Ik loop naar huis, ik passeer het hek voor het brede pad naar de kleine aula. Misschien leest iemand een gedicht, misschien speelt David piano. Er zijn tranen daar. En onbegrip. Verscheurdheid.

Over de rivier vaart een lage boot voorbij, een soort aak waarop luidruchtige jongemannen in rokkostuum bier drinken, uit de kajuit klinkt slappe jazzmuziek.

Achter mij hoor ik het geluid van een autoportier dat hard wordt dichtgeslagen. Geen idee waarom het geluid me alarmeert. Iemand die de begrafenisplechtigheid bijwoonde en voortijdig vertrekt. Misschien moet ik nieuwsgierig zijn wie het is, maar ik loop door, ik versnel mijn pas. Een donkergrijze auto rijdt langs me, ik kijk naar links, een fractie van een seconde, echt niet langer. Het is alsof er een kreet in me uiteenspat. Een meter of twintig, dertig verderop stopt de auto, heel even, een aarzelend oponthoud, en rijdt dan weer verder, sneller dan zojuist.

Wat deed Louise Koning op de begrafenis van Vera?

Het dreigt bijtend

Het is een normale vraag: kende je Vera Molenaar? Ze was me dierbaar, het zal me goed doen met iemand over haar te praten, mag ik je uitleggen waarom? Zo zal ik het zeggen, maar ik stel die vraag uit, ik stel een onaangekondigd bezoek aan Louise uit, ik moet eerst iets vragen aan Daniëlle, *die op de rand van mijn leven woont waar ik uit tuimel als ik nog verder ga.* Ik maak een omweg. Nog nooit kwam ik bij haar zonder afspraak, ik heb tijd nodig voor ik daar ben, er dringt zich een reconstructie op die te groot voor me is, te vaag ook en onheilspellend bovendien, ik ben bang voor wat ik aan het doen ben, er zijn verbanden die ik aan elkaar moet koppelen, oorzaken, gevolgen.

Ik denk aan Louise Koning, die op een zomeravond in mijn leven kwam, terwijl ze lang geleden ook al eens door mijn leven liep, zonder dat ik haar zag. Ik denk aan Louise op de foto, het meisje dat tegen de zon in kijkt. Waarom viel me die foto op, waarom bleef die me bij?

Pas na een uur ben ik in de stille straat waar het huis van Daniëlle is. Er ademt schurend een leegte in me waarvan ik in paniek raak. Die paniek moet ik niet laten merken, die is alleen van mij nu. Ik kijk om me heen in de straat, er is geen mens te zien, misschien zijn die er overdag wel niet, werken ze elders, hebben ze banen waarvan je in de avond tot rust moet komen; zo zien al die huizen eruit, alsof ze er alleen maar zijn om je de gelegenheid te geven er tot rust te komen, muren waartussen je geen vragen hoeft te stellen of met je ambities en zorgen bezig hoeft te zijn, er ruist alleen maar sfeervolle rust. Ik wacht op het moment dat ik daarnaar snak.

Ook het huis van Daniëlle ziet er zo uit, maar in een kamer aan de achterkant wordt gewerkt, daar kun je op een spoor worden gezet dat tot heilzame inzichten kan leiden, daar hangt een schilderij met een uitzicht op Napels, daar staan witte bloemen in een witte vaas, daar staan twee comfortabele witte stoelen tegenover elkaar, met een lage witte tafel ertussen en daarop een doos met tissues en een notitieblok waarvan Daniëlle zelden gebruik maakt. Misschien kan ze alles onthouden, misschien heeft ze een geheugen waar plaats is voor iedereen die een beroep op haar doet.

Een jongen doet open, een lange jongen met een donkerblauwe baseballpet op. Hij heeft sproeten en waakzame groene ogen.

'Is Daniëlle thuis?' vraag ik.

De jongen knikt. Hij is bij iets gestoord, dat is duidelijk.

'Ze is aan het werk, ze heeft een cliënt.'

Natuurlijk is hij gewend cliënt te zeggen, gewend aan een moeder met de hele dag cliënten en die daarom 's avonds raadselachtig voor zich uit kijkt en even niets aan haar hoofd kan hebben.

'Ik moet haar iets vragen,' zeg ik. 'Is het goed als ik even wacht?'

De jongen aarzelt. Ik weet dat Daniëlle een soort wachtruimte heeft, in de gang voor haar spreekkamer staat een stoel met daarnaast een hoog tafeltje waarop tijdschriften liggen. Nog nooit heb ik daar iemand zien zitten als ze me voorging naar de voordeur. Cliënten van Daniëlle komen precies op tijd.

Nu ga ik er zitten. Met mijn vraag. Ik blader door een oude National Geographic. Mijn vader was erop geabonneerd. Op zijn werkkamer stond een kast vol, een gele gloed vol avontuur en vergezichten. 'Die moet jij later meenemen,' zei hij een keer toen we ons geen voorstelling van later konden maken. Ik heb dat nog niet gedaan. In het ouderlijk huis is nog haast niets veranderd. Ik geloof dat we huiverig zijn voor die veranderingen. Alles is al zo breekbaar geworden, er mag niet in nog meer worden ingegrepen.

De deur van de spreekkamer gaat open, ik zie een man in een grijs pak, ik kijk hem niet aan. Dan klinkt de stem van Daniëlle: 'Robert.'

'Even maar,' zeg ik. 'Ik heb een vraag.'

'Een momentje,' zegt ze, niet verbaasd, niet geërgerd. Ze gaat de man voor.

'Sorry,' zeg ik als ze weer voor me staat.

'Ook nu geen sorry. Er heeft iemand afgebeld. Geen probleem dus.'

Ik volg haar naar haar spreekkamer.

Het is vreemd tegenover elkaar te zitten nu we geen afspraak hebben. Alsof ik een groter probleem ben dan ze dacht, iemand die haar nu vast op ongelegen tijdstippen gaat opbellen, een man die continu aandacht nodig heeft. Daniëlle kijkt me vragend aan. Ik zie op tegen mijn vraag.

'Laatst toen je me uitliet, zei je dat ik goed moest uitkijken voordat ik overstak.'

'O ja?'

'Ja, die ochtend was je bijna aangereden. Dat zei je. Een auto die heel hard reed.'

'O ja, ik weet het weer. Ja, ik was me kapot geschrokken. Je verwacht zoiets niet hier in de straat.'

'Weet je nog wat voor auto dat was?'

'Wat voor auto dat was? Nee. Waarom wil je dat weten?'

'Ik weet niet of ik je dat kan uitleggen. Was die misschien donkergrijs?'

'Donkergrijs? Kan best, maar echt, ik weet het niet meer. Het had ook een groene kunnen zijn of een rode. Maar Robert, waarom?'

Weer voel ik dat vreemde verdriet in me wellen,

schuld, ongeschiktheid, het dreigt bijtend door me heen, ik verweer me, maar ik begrijp niet waartegen.

'Iets uit het verleden,' zeg ik. Dat is natuurlijk zo, Louise zei in de nacht na mijn vaders crematie dat ik iets aan mijn geheugen moest doen, het komt door Louise dat ik nu tegenover Daniëlle zit met een vraag, maar dat ik 'Iets uit het verleden' zeg, overrompelt me, alsof ik door het te zeggen van alles, veel te veel, in gang heb gezet. Ik voel een dwingende beweging, iets wat sterker is dan ikzelf.

'Wat?'

'Iets wat me achtervolgt. Iemand.'

'Wat heeft dat met die auto te maken?'

'Weet ik niet, weet ik echt niet, misschien ben ik in de war door een droom.'

'Een droom?'

'Met snelheid. En ook ergens Louise.'

'Louise? Over wie je het laatst had? Die je wilde kussen?'

Ik vertel Daniëlle over Louise, de vorige keer zei ik maar een paar dingen over haar, nu alles wat ik over haar kan vertellen tot en met het moment dat ik haar gisteren in de buurt van de begraafplaats zag.

'Als ik het zo hoor, lijkt me dat... ja wat? Ze wil iets met je, van je. Staat er niet een rekening open of zoiets? Wat zei je de vorige keer? Verweet ze je dat je iets vergeten was?'

'Dat begreep ik, geloof ik.'

'Ik geloof er niets van dat ze je toevallig zag op die avond van... wat was het?'

'Een lezing. Over een schilder.'

'Ja, dat. Ze zocht je, ze wilde je ontmoeten, inpalmen misschien. En daar heeft ze een reden voor en ze wil dat jij daarachter komt.'

'Waarom?'

'Geen idee. Heb jij erover nagedacht?'

'Natuurlijk.'

'En?'

'Er schiet me niets, maar dan ook helemaal niets te binnen.'

'Zou er iets ergs, iets ingrijpends gebeurd kunnen zijn tussen jullie?'

'Natuurlijk niet.'

'Hoezo, natuurlijk niet?'

'Dan wist ik het toch wel.'

'Dat hoeft niet, dat hoeft niet altijd. Het kan weg zijn, niet helemaal weg, maar wel heel vér weg, bijna verdwenen. Misschien moeten we beginnen met de vraag waarom jij denkt dat Louise in de auto zat die rakelings langs me heen reed.'

'Vera is door een auto doodgereden. Louise was op de begrafenis van Vera. Ik heb het gevoel gehad dat ik werd gevolgd. Misschien was het Louise. Ze weet dat ik Vera ken, ze weet dat ik jou ken, ik ken niet veel mensen, ja, Lenny, maar ze is nog niet op hem ingereden.'

Nu ik het zeg, kan het niet anders dan onzin zijn, maar

ik heb het gezegd, ik zei het niet in een opwelling.

'Hou op, Robert. Je gaat iets te kort door de bocht, denk ik.'

Ze vindt me belachelijk, ik krijg een standje, ze is haast verontwaardigd.

'Je gaat me niet vertellen dat ze mij... Alsjeblieft zeg. Waarom zou Louise Vera niet gekend hebben? Ze is actrice, zei je. Misschien doet ze ook dingen voor televisie. Weet jij dat? Misschien zijn ze elkaar daar tegengekomen. Nee, we moeten anders beginnen, maar daar is nu geen tijd voor. Het is te veel voor nu.' Ze kijkt op haar horloge. 'Volgende week praten we hierover verder. Maar jij denkt na over die Louise, alles, maar dan ook alles wat je je van haar herinnert schrijf je op. Je moet je concentreren. Er kan ineens iets terugkomen. Het geheugen kan zich wispelturig gedragen.'

'Vind je dat ik dadelijk naar Louise toe kan gaan en haar vragen hoe ze Vera kende, omdat ik die ook goed heb gekend en omdat ze me dierbaar was?'

'Natuurlijk. Waarom niet?'

Ik merk dat die laatste vraag te veel was. Dat soort dingen moet ik zelf oplossen. Ik maak me zwak door dit te vragen en als ik zwak ben, ben ik nergens.

Waarom niet?

Ook opgelucht

Ik heb gewacht tot de namiddag. Johns aanwezigheid lijkt me belangrijk als ik Louise iets over Vera vraag en omstreeks half vijf komt hij uit zijn wereld. Zijn joviale ontvangst heeft een kalmerende uitwerking op me. Hij zegt dat hij heel erg aan koude wodka toe is. Of ik met hem meedoe?

'Graag.'

'Je hebt nog iets goed te maken. De vorige keer blies je abrupt de aftocht.'

'Ik heb soms mijn zenuwen niet in bedwang. Dan schiet ik in de ban van alles wat ik nog moet doen.'

'Het is oké. Wies zal zo hier zijn. Ze wilde naar die nieuwe kapper hier om de hoek, zo'n artiest die in een futuristisch boudoir van ieder hoofd een kunstwerk wil maken. Nog even en je moet een half jaar van tevoren een afspraak maken, maar nu hij pas open is, valt het blijkbaar mee.'

'Heel onattent van me, toen we hadden kennisgemaakt wilde ik een boek van je kopen, maar het kwam er niet van. Ik moet iets aan mijn leven doen.'

'Nooit te veel aan je leven doen. Het leven doet dat wel met jou. Ik zal je straks mijn laatste boek meegeven. Ik kreeg vanochtend een stapeltje tweede drukken van mijn uitgever. Wacht, ik haal er meteen een voor je. Anders vergeten we het weer. We zijn sterk in vergeten.'

Als hij op zijn kamer is, word ik weer naar de foto toe getrokken. De jonge Louise, ergens bij mij in de buurt op een zonnige dag.

'Ik doe er nog een oudje bij,' zegt John terwijl hij me twee boeken geeft.

De boeken hebben aantrekkelijke omslagen, een stadsgezicht bij avond en de benen van een vrouw die zich haastig uit de voeten maakt.

'Wil je ze straks signeren?'

'Met alle genoegen.'

'Hoe kende Louise trouwens Vera Molenaar?'

'Vera Molenaar? Help me even.'

'Ze werkte voor Ricardo Mills.'

'Wie?'

'Die zanger, die beroemde zanger.'

'Zegt me vaag iets. Doet hij ook dingen op tv?'

'Ja. Ik weet niet precies wat. Ja, zingen natuurlijk. In shows, denk ik.'

'Wies coacht wat mensen, ook in die sfeer, maar het fijne weet ik er ook niet van. Wie zei je net? Vera wie?'

'Molenaar, Vera Molenaar.'

Hij denkt na, schudt dan zijn hoofd.

'Zou ik je niet kunnen zeggen. Die naam roept ook niets in me op. Maar weet je, we leiden een heel eigen leven, Wies en ik. Er zijn natuurlijk raakvlakken, maar zij gaat haar gang en ik de mijne. We zijn ook niet van die mensen die alles van elkaar moeten weten. Misschien heeft ze het weleens over Vera gehad, maar dat is me dan niet bij gebleven. Wat is er met haar?'

'Ze is dood. Was een vriendin van me, vriendin van vroeger.'

'Pas?'

'Gisteren was de begrafenis.'

'Was Wies daar ook?'

'Ja. We liepen elkaar net mis.'

'Merkwaardig dat ze dat niet gezegd heeft. Dat soort dingen vertellen we elkaar natuurlijk wel. Ach, maar er zijn van die dagen...'

Hij zwijgt, neemt een slok, lijkt daar even op te kauwen.

'Weet je wat het is?' zegt hij dan. 'Wies zit soms heel erg in een eigen wereld. Ik ben daaraan gewend. Ik moet haar dan niet te veel vragen en dat doe ik dan ook niet. In het begin kostte me dat nogal moeite, maar ik laat het nu maar zo. Ik heb het trouwens ook. Soms kan ik me niet losmaken van wat ik aan het schrijven ben. Dan leef ik het leven van mijn hoofdpersoon, dat helpt me bij de voortgang. Wies laat me dan ook met rust. Het is wederzijds respect, zoiets.'

'Hoe oud is ze hier eigenlijk?' Ik houd de foto omhoog.

'Dertien. Maar dat is Wies niet. Haar zusje Lotte. Lotje. Een van de laatste foto's die van haar gemaakt zijn.'

'Je bedoelt...'

'Ja, auto-ongeluk. Ze waren onafscheidelijk, maar dat zijn tweelingen vaak, geloof ik, zeker op die leeftijd. Je hebt er toen niets van meegekregen? Je woonde toch in de buurt. Het was nogal een toestand.'

'Een toestand?'

'Ja. Maar als je het wilt weten, moet je even op Wies wachten. Ik moet het niet vertellen. Het is háár verhaal. Ik mag daar niet aankomen, om het zo maar eens te zeggen. Ze wil daar telkens opnieuw woorden voor hebben, als je begrijpt wat ik bedoel. Jij weet vast ook wat je deed toen je hoorde dat Kennedy doodgeschoten was. Daar beginnen mensen toch altijd over als Kennedy ter sprake komt: wat deed jij op die dag? Nou, Wies zat bij haar dode zusje dat ze niet los kon laten. Daar heeft ze een jaar of tien over gedaan. Nog trouwens. Maar tien jaar kon ze niets zeggen. En over die tien jaar wil ze het niet hebben. Ze zat in een inrichting. Dat is het enige wat ik weet. Wij ontmoetten elkaar een jaar of vier later. Hier in de stad. We speelden bij dezelfde tennisclub. Het was geen liefde op het eerste gezicht. Ik viel op haar, zij ook op mij, maar ik had wel door dat het lang duurde voordat ik haar vertrouwen kon winnen. Maar ze leefde op, ze ging naar de toneelschool, ze was de oudste van haar jaar, maar ze kon het, ze was op haar best als ze iemand anders kon zijn. Kinderen wilde ze niet. Dat begreep ik. Ik begrijp haar, Robert.'

'Was ze erbij? Ik bedoel, heeft ze gezien wat er gebeurde?'

'Ja, maar dat zei ze dus niet, want ze zei niets, tien jaar lang.'

'Dus...'

'Wat dus? O, de dader, als je hem zo wilt noemen.' Hij schudt zijn hoofd. 'Wacht maar tot ze er is. Als ze tenminste zin heeft erover te praten.'

Ik zet de foto terug en terwijl ik dat doe, kijk ik er nogmaals naar. Wat deed ik toen ik hoorde dat Kennedy was vermoord? Dat weet ik niet. Mij is het ook weleens gevraagd, maar ik kon op niets komen, ik heb er geen duidelijke herinnering aan. Maar ik snap het even niet. Die paniek van eerder deze dag is er weer, die schiet heen en weer in mijn hoofd. Nu zie ik ineens, in een adembenemende flits, mijn moeder die me 's ochtends wakker maakt. Haarscherp hoor ik haar zeggen: 'De president is dood. Ze hebben president Kennedy doodgeschoten.' Ik zie haar gezicht, ik schrik van haar bezorgdheid, ze vindt het verschrikkelijk mij dit te zeggen. Ze zegt: 'Je kunt nu niet blijven liggen. Je moet opstaan.'

Ik heb het lijstje met de foto niet handig neergezet, het valt om, niet op het kastje, maar op de vloer, het geeft een klap, het glas breekt, ik deins terug. De stem van mijn moeder: 'Je kunt nu niet blijven liggen. Je moet opstaan.' Zo praat ze nooit tegen me, nooit. Ze is onaardig, náár onaardig.

'Wat zég je?' vraagt John.

Ik draai me om, hij kijkt vriendelijk naar me.

'Ik zei niets,' zeg ik.

'Je zei: het is haar zusje. Wat is er?'

'Zei ik dat?'

'Ja. "Het is haar zusje."'

Hij kijkt naar het kapotte lijstje op de grond, loopt ernaartoe en laat zich op zijn hurken zakken. Ik stap langs hem heen, het is alsof ik uit de kamer wordt geblazen, alsof ik niets hoef te doen om me voort te bewegen, het is ontstellend, ik ben in de lift, ik ben op de begane grond, ik ren de hal van de flat uit, ik ren niet zelf, zo voelt het nog steeds, ik ben onderdeel van een onbeheersbare beweging, ik moet niet eens aan die beweging denken anders val ik en dat vallen kan me duur komen te staan, ik laat me maar gaan, ik ga met me mee, de straat uit, de hoek om, aan de overkant van de straat is de kapsalon, bloemstukken voor de ramen, ballonnen, slingers, er is daar heel wit licht, ik houd me vast aan een muurtje, ik ben buiten adem. Hoog achter me, waarschijnlijk op een balkon, zijn honden met elkaar in gevecht, ik hoor het aan het grommen en janken. Ik moet mijn ademhaling tot rust laten komen, anders knap ik uit elkaar. Ik moet nu doodstil gaan staan wachten.

Louise heeft geen lang haar meer, niet meer haar dat net over haar schouders valt, het is heel kort en lichtblond, het is heel erg lelijk, haar gezicht is er oud door geworden. Ze staat voor de kassa naast de ingang van de zaak, ze geeft een kleine, kale man bankbiljetten. Nerveus makend beweeglijk is die man, ze kijkt naar mij als ze wacht op wissel-geld, ze knikt en kijkt weer langzaam. Dan komt ze naar buiten, ze steekt de straat over terwijl ze me aan blijft kij-ken. 'Ja?' zegt ze als ze recht tegenover me staat. We kunnen elkaar net niet aanraken, als we dat al zouden willen. Het klonk als een vraag wat ze zei, maar ik begrijp de vraag niet, maar ik moet waarschijnlijk niet verwachten dat ik zo'n vraag begrijp. Alles is nu voorbij, alle denkbare vragen die ze mij zou kunnen vragen. En ik, ik heb haar niets te vra-gen, moet haar alleen zeggen dat ik dacht dat er niets aan de hand was, helemaal niets, behalve dan dat die stomme auto in de heg geramd stond, dat ik haar even gezien had, haar hoofd tegen de ruit, scheef, met schreeuwende ogen, dat ik ook de klap gehoord had waarmee ze voor die ruit kwam, toen ik mijn ogen stijf dicht had, en dat ik haar weer zag staan, met een mond die krijste zonder dat ik dat krij-sen hoorde, 'maar ik zag je, ik zág je toch, en ik bleef je zien daar toen ik uit de auto stapte, je stond daar, verstijfd van angst natuurlijk, ja, maar dat was ik ook, ja, alleen niet ver-stijfd, want ik was ook opgelucht, honderdduizend keer opgelucht, ik moest rennen, ik kon alleen maar rennen, wat kon mij die auto schelen, mij kon alleen schelen dat er niets gebeurd was, dat ik je gezien had op de motorkap, je hoofd tegen de ruit, maar dat je daar toen weer stónd, dat je niets was overkomen, dat je alleen maar onhoorbaar schreeuwde, heel hoog en hard schreeuwde.'

Louise schudt haar hoofd nu, langzaam, nauwelijks zichtbaar.

Ik ga terug, het is een lange weg, een levenslange waarover ik maar een paar seconden doe, ik ga terug naar mijn moeder die zegt dat ik op moet staan, dat ik niet mag blijven liggen op een dag als vandaag. Ik was me niet, ik trek haastig mijn kleren aan, terwijl ik nog warm ben van de slaap, zweterig. Ik ga naar beneden, mijn ouders zitten aan tafel, ze luisteren naar de radio waaruit een nerveuze, gejaagde stem klinkt. President Kennedy en zijn gezin zijn heel aanwezig in ons gezin, bij iedereen die ik ken, altijd zijn ze te zien in tijdschriften, foto's van gelukkige mensen, foto's in hun huis gemaakt, op boten, langs de zee, de man die lachend de wereld toespreekt, de vrouw die ongelooflijk mooi is en ook geheimzinnig en lachend naar hem kijkt, de kinderen die stijve kleren aan hebben maar toch gewoon bij ons in de buurt kunnen wonen.

'Het is een inktzwarte dag,' zegt mijn vader.

Mijn moeder schenkt zwijgend koffie in, ze duwt zwijgend een beker melk naar me toe.

'Ze hebben hem door het hoofd geschoten,' zegt mijn vader. Hij maakt moedeloos een wegwerpgebaar. Hij ziet er ziek uit.

Ik zie dat ze ongelooflijk verdrietig zijn, mijn ouders. Maar zo goed kenden ze hem toch niet, de president en die vrouw en die kinderen? Ik moet iets zeggen, iets vrolijks, maar ik durf het niet. Waarom zeggen ze niet dat ik naar school moet? Is dat niet meer nodig? Misschien komt er opnieuw oorlog, mijn ouders zijn daar vaak bang voor geweest, vroeger, ik hoorde ze erover praten: 'Als het maar niet weer oorlog wordt.'

Ik heb het gevoel dat ik even niet bij ze hoor, het kan best zijn dat dit voorlopig zo blijft. Misschien gaat alles veranderen! Krampen van paniek voel ik in mijn maag. Ik ga naar buiten, ik begin te rennen, ik heb zin ver weg te lopen, ik weet niet hoe lang ik gelopen heb als ik bij een weiland een rode auto zie staan, een lage kleine sportieve auto, het type auto dat me fascineert. In een schrift plak ik foto's van razendsnelle auto's, van die auto's die je haast nooit in het echt ziet. Ik wil er later ook zo een, waarin je wanneer je dat wilt meteen heel ver weg kunt. Het weiland ligt tussen twee wegen, de weg waarover ik naar de auto loop en een weg diep beneden, het is een helling. Aan het einde daarvan staat een smal wit gebouwtje. Daar loopt een man heen, het is zeker dat het de man van de auto is, hij draagt een smalle doos. Ik voel aan het portier van de auto. Het zit niet op slot. Ik heb al eens in de auto van mijn vader mogen rijden, op het plein achter de kerk, waar niemand was en ook geen andere auto's stonden. Het was niet moeilijk, vond ik. Ik heb altijd goed gekeken hoe hij het deed, het zijn handelingen die ik makkelijk onthoud.

'Die auto stond daar gewoon. Ik kon er zo in.'

Louise schudt nu sneller haar hoofd, het is akelig dit te zien.

'Ik dacht: ik moet het doen, ik moet klaar zijn om weg te

gaan, dat is waarschijnlijk spoedig nodig, mijn ouders veranderen, mensen die bij elkaar horen kunnen niet meer bij elkaar blijven, ze kunnen niets meer voor elkaar doen, alle vrolijkheid, al ons verheugen op de toekomst was een leugen, was helemaal niet waar, iedereen wilde dat alleen maar denken, omdat dat het beste was wat je kon doen, zoiets denken. Ik ga in de auto zitten, het contactsleuteltje zit er in, ik kan die auto starten, het is helemaal niet moeilijk.'

Louise schudt nog sneller haar hoofd, ze maakt ook een geluid, een geluid dat ik nog nooit gehoord heb, het lijkt op neuriën, maar dat is het niet, het is angst en woede en gegrom, het is ingeslikt jammeren.

'Maar die auto schiet vooruit, ik doe iets niet goed, dan zie ik pas dat ik boven aan een helling sta. De motor slaat af, ik moet remmen, maar de auto komt binnen een paar seconden op snelheid, ik moet sturen, mijn benen lijken verlamd, ik ben doodsbang, Louise, ik wil alles loslaten, want dan is misschien ook alles voorbij. Ik druk mijn rug bijna door de stoel heen, ik stuur niet, ik trék alleen maar aan het stuur en mijn voeten doen nog steeds niets, het is of ze kwijt zijn, of ze in de snelheid zijn verdwenen. En daar sta jij, voor de heg, de heg voor jullie grote huis, je beweegt je niet, die heg is goed. Er is niets gebeurd, er is niets gebeurd, ik weet het zeker, ik zie je staan, er is niets met je aan de hand, ik weet het zeker, ik ren weg van je, van de auto die voor een deel in de heg hangt, ik ren zo hard als ik kan, misschien wel een paar uur achtereen.'

Louise is gestopt met het schudden van haar hoofd, haar gezicht is nat, ze loopt achteruit bij me vandaan. Ik hoor lawaai, vrolijk lawaai. Als ik naar rechts kijk zie ik circuswagens naderen, voorafgegaan door een olifant die goedmoedig met zijn grote kop schudt, zijn slurf danst olijk in de wind. Het circus vestigt zich de komende dagen op het stadseiland dat ik van hier af kan zien, de tenten zijn een paar dagen geleden opgebouwd. Er trekt nu een stoet door de stad om reclame te maken. Louise staat aan de overkant van de straat, maar ik kan haar niet zien omdat er een geelrode wagen tussen ons in rijdt, voortgetrokken door witte paarden. Op die wagen speelt een klein orkest uitbundig een feestelijke melodie die spektakel aankondigt, onhandig gedirigeerd door twee clowns die net doen alsof ze ruzie hebben. Dan zie ik Louise weer, ze schreeuwt naar me, met stijve naar achteren getrokken schouders, haar hoofd naar voren, maar ik hoor haar niet, daarvoor speelt het orkest te luid en enthousiast. Er passeert een vrachtwagen waarop acrobaten hun kunsten vertonen, ze kijken ernstig en ongenaakbaar. De kleine stoet wordt afgesloten door een groepje poedels die glimmende, pastelkleurige kleertjes aan hebben, ze worden geleid door een vrouw in rokkostuum met een hoge hoed op, die gracieus danspassen maakt. Louise zie ik niet meer, ik ren de richting van haar flat uit, maar ook daar geen spoor meer van haar.

'Wat heb je gedaan?' vroeg mijn moeder toen ik thuiskwam.

'Niks,' zei ik.

'Wat nou niks? Weet je hoe je eruitziet?'

Er gebeurde niets die dag. Ja, de dood van Kennedy was de gebeurtenis waar het allemaal om ging, een permanente gebeurtenis. Maar er werd niet gebeld, er kwam niemand aan de deur.

Ook later niet.

Ik zag hoe de moordenaar van Kennedy werd doodgeschoten, althans de man van wie ze dachten dat hij het gedaan had. Het was voor het eerst dat ik zoiets zag. Wij speelden op straat vaak dat we elkaar doodschoten, we imiteerden films die we gezien hadden, of stripverhalen, we konden goed langzaam doodvallen, kreunend, de handen voor de buik, voorovergebogen, nog wat stuiptrekkingen op de grond en dan was het afgelopen. Maar nu zag ik hoe het echt ging, de hand met revolver die uit een groepje mensen tevoorschijn kwam, het van echte pijn vertrokken gezicht, het ineenkrimpen, de verbijstering om hem heen, in de wereld, opnieuw verbijstering. Ons spel was voorbij.

Ik hoorde niets. Misschien stond er in de plaatselijke krant een bericht over het ongeluk, over een auto die in een heg was beland, maar mijn ouders lazen de plaatselijke krant niet, ze hadden een landelijk dagblad. Er was niets gebeurd. Dat was het, iets wat niet gebeurd was. Wat was dat dan? Niets, helemaal niets.

Hun gezichten zijn van goud

Een week daarna, misschien later, zie ik Louise en John hun flatgebouw verlaten, voor het eerst dat ik ze weer samen zie. Meestal gingen ze afzonderlijk de deur uit. Ik heb overwogen net te doen alsof ik Louise toevallig tegenkwam, als mensen die doorgingen met hun leven. Ik had haar kunnen vragen wat we nu in godsnaam moesten, maar misschien viel daar wel niet over te praten, niet meer, nóóit meer, misschien konden we dat niet eens. Ze zei niets, toen, tien jaar lang. Ik zou haar gezegd hebben dat ik die tien jaar van haar overnam, mínstens tien jaar, en dat ik met die tijd langzaam zou verdwijnen. Misschien had ik haar ook nog gevraagd waarom ze op de begrafenis van Vera was, als ik dat zou durven. Daniëlle heeft gelijk, ze kenden elkaar waarschijnlijk, goed of oppervlakkig, het deed er niet meer toe, alsjeblieft dát niet, net zoals mijn onzinnige, ja belachelijke vraag aan Daniëlle naar de kleur van de auto die hard door haar straat had gereden, auto's rijden nu eenmaal hard door straten, alles gaat snel, iedereen heeft haast, er gebeurt voortdurend van alles dat ons ontstelt en ontregelt, diep verdriet veroorzaakt, onze dagen raadselachtig en doelloos maakt of een dynamiek geeft waarmee we nauwelijks uit de voeten kunnen, en natuurlijk kunnen we ons ook doodlachen, dat is ook een mogelijkheid. En als we het allemaal niet aankunnen, verzinnen we een nieuw leven, alsof het de gewoonste zaak van de wereld is. Soms denk ik dat je het niet eens zelf hoeft te doen, een nieuw leven verzinnen, je kunt ook verzonnen worden, zonder dat je dit in de gaten hebt.

Sinds David, de pianist, over God begon, komt God weleens in mijn gedachten. Misschien was Vera ook in God gaan geloven, misschien deed ze dat al, maar we hebben het er nooit over gehad in onze zomerse dagen die nog net niet verdwenen zijn. Misschien had ze de stem van God gehoord die haar had opgedragen of verzocht voor het meisje en haar vader te zorgen. Je gelooft in God, omdat je gelooft dat Hij je gemaakt heeft, je bent er dus omdat Hij er is. En als Hij niet bestaat? Verzin je jezelf of ben je verzonnen?

Vera zal ik blijven verzinnen in mijn leven, ik heb haar nodig, zij mij ook, wij geloven in elkaar, dat kan niet anders.

Ik zorgde ervoor dat ik Louise niet tegenkwam, ze zag me niet, ze weet waar ik woon, ze weet me te vinden, maar het gebeurt niet, dát is wat er gebeurt: het gebeurt niet. Zo laat ze me wie ik ben. Daar moet ze over nagedacht hebben toen ze tien jaar niets zei, en al die jaren en jaren daarna. Ze wist dat ze me zou vinden. Ze wist wanneer ze dat kon.

Ik zal me nog even de foto herinneren die mijn aandacht trok toen ik voor het eerst bij Louise en John op bezoek was. Wat zei hij ook alweer over Louise, die hij Wies noemde... ja, dat ze een personage was in een verhaal dat nog niet geschreven is, maar dat dat ook niet hoefde, omdat ze het verhaal wás. Zoiets. Was het zusje ook een verhaal geworden?

Op een dag ben ik die foto vergeten. En dan zal ik dat niet in de gaten hebben. Alsof ik een fractie van een seconde dood ben. Het kan best zijn dat je telkens opnieuw even, een fractie van een seconde of nog korter, dood bent als een herinnering verdwijnt, waardoor je dat niet merkt, totdat je je niets meer herinnert, zelfs niet meer wie je bent. Mijn vader zal dit gedacht hebben. Of denk ik het namens hem?

Ze verlaten de supermarkt, John en Louise, zij met een plastic tas die er goed gevuld uitziet, hij met een witte kartonnen doos waaruit de hals van een fles wijn steekt. Ze lachen, ze hebben zichtbaar zin in de rest van de dag. Bij een bloemenkraam zet John de doos neer, hij wijst naar een boeket en zoekt in zijn broekzak naar geld. Even later lopen ze weer verder, de zon staat laag op deze herfstdag, hun gezichten zijn van goud. Nog even en dan wordt het langzaam donker, ik weet nog niet of ik in deze buurt blijf rondhangen of naar huis ga. Vaak kijk ik hier 's avonds omhoog naar de ramen van hun flat. Soms staat een van de twee voor het raam, Louise vaker dan John, maar dat zal toeval zijn. Louise ziet me niet, maar soms zal ze heus wel weten dat ik er ben, daar.

Gebed

'Ben je dan bang voor jezelf geworden?' vraagt Daniëlle.
'Wil je dat zeggen?'
Ik schud mijn hoofd. Dat wil ik niet zeggen.
'Ik geef me over aan mijn schuld. Dat leerden we vroeger bidden: mijn schuld, mijn schuld, mijn grote schuld. De rest van dat gebed herinner ik me niet meer, maar je moest iets bekennen waarvan je geen idee had. We zeiden het allemaal tegelijk: mijn schuld, mijn schuld, mijn grote schuld. Kinderen waren we.'
'Dat is een wereld die ik niet ken,' zegt Daniëlle. 'Maar hoe denk je dat te gaan doen?'
Weer voel ik paniek die bijna onbeheersbaar is. Het is alsof ze honderden meters van me vandaan zit en ik alleen nog maar kan fluisteren.
'Hoe denk je dat te gaan doen, Robert?'
Weer schud ik mijn hoofd, maar ik weet niet wat ik

ontken. Even ben ik bang dat ik daarmee niet kan stoppen. Ik moet mijn hoofd stil houden.

'Alsjeblieft,' hoor ik mezelf zeggen. En nog een keer: 'Alsjeblieft.'

Voor het huis van Daniëlle wacht Lenny op me. Hij leunt tegen zijn auto en rookt een sigaret.

'Dat is Lenny,' zeg ik in de deuropening tegen Daniëlle. 'De vriend over wie ik weleens verteld hebt.'

Daniëlle knikt hem toe, Lenny maakt een vluchtige zwaaiende beweging.

Uitspoken

Natuurlijk vraag ik mijn moeder of ze zich de dag herinnert waarop Kennedy werd vermoord. 'We begonnen ons weer zorgen te maken over de wereld. Er was altijd wel wat dreigends aan de hand, die jaren ook, maar wat we geloofden was dat we allemaal aan een nieuwe tijd werkten, dat we ons daarvoor met hart en ziel inzetten. Kennedy ging ons voor. Dat zei je vader altijd: onze voorganger. We hadden die niet meer in de kerk waarin we ons niet meer thuis voelden, onze voorganger stond midden in de nieuwe wereld.'

Sinds de dood van mijn vader hoorde ik mijn moeder niet meer zo lang praten. Ze gaf vooral antwoord op vragen, altijd kort en onzeker, als iemand die de weg is kwijtgeraakt in haar leven.

'En ik? Weet je nog wat ik deed die dag?'

'Ja, dat weet ik nog heel goed. Je vader en ik hebben het

er vaak over gehad. Je ging vroeg de deur uit, je ging niet naar school, geloof ik, en je kwam heel erg opgewonden thuis, en ook wat in de war, en toen ik vroeg wat je had gedaan, zei je "Niks". Maar ik zei later tegen je vader dat je vast iets gedaan had wat je ons niet wilde vertellen, gevochten of zo of misschien wel iets met een meisje.' Ze lacht. Nog even en het is allemaal vijftig jaar geleden.

'Dat deed je trouwens vanaf die dag vaker,' vervolgt ze. 'Je zei nooit veel over wat je allemaal uitspookte.'

Uitspoken? Dat woord heb ik mijn moeder nog nooit horen gebruiken.

'Of het nu precies sinds die dag was, weet ik niet, nee, natuurlijk niet, maar je werd een wat stille jongen, een dromer, meestal erg in gedachten. En ja, je verzon dingen, maar ik had het altijd door. Dan zei je dat je daar en daar was geweest, maar dat was helemaal niet zo. Of je zei dat je een meisje had, maar ik wist dat het niet waar was. Ja, even misschien, maar het was allang weer uit. Ach Robert, ik vond het niet belangrijk. Ik had ook altijd de indruk dat je geloofde wat je zei. En ik wist wat waar was en wat niet. De waarheid is altijd waarin je zelf gelooft of wilt geloven. Misschien had je het ook nodig dat je veel verzon. Ik hoorde laatst een interview met een schrijver op de radio, kom hoe heet hij, ik had nog nooit van hem gehoord, enfin, doet er ook niet toe. Die zei dat zo bij hem het schrijven was begonnen, dat hij het nodig had van alles te verzinnen bij het echte leven. Dat zei hij, geloof ik: het echte leven. Dat was hem niet genoeg, dat echte leven.

Jij had dat ook, maar jij werd geen schrijver. Maar jij zegt toch ook vaak dat je het prettig vindt in... wat zeg je dan... ja, in een schijnwereld te zijn. Ik maakte me er geen zorgen over. Je kunt zelf niet leren hoe je moet leven, het leven leert jou dat.'

Als ik later naar huis rijd door de onrustige en natte vooravond besef ik dat ik me niet alleen van de dag waarop Kennedy werd vermoord heel lang niets herinnerde, maar ook erg weinig van de jaren daarna. Ja, bij de dromer die ik was, kan ik me iets voorstellen, ik weet ook dat ik vaak diep in gedachten was, maar dat ik veel verzon, nee, maar misschien dacht ik dat ik het niet verzon. Ik moet ophouden dat te willen verklaren, want wat is de betekenis van zo'n verklaring, wat kán ik met die betekenis?

Neem alle tijd

Het decor leidt me erg af, ik hoef het niet te zien, maar ik kijk toch naar de monitor, ik zie ons aan een smalle tafel zitten voor een majestueuze zonsondergang. Ik ben in een thema-avond verzeild geraakt met een rampzalige titel: *Kwaliteit als keuze*. Het onderdeel waarin ik zit is genoemd *Het moet wel leuk zijn*. Trefwoorden: gemakzucht, laagdrempelig, noodzaak van ontspanning.

Op de voorbereidende bijeenkomst ben ik niet geweest, want dat doe ik nooit, ik kan het beste met een kwestie uit de voeten als ik weinig weet van de bedoeling ervan.

Samen met de schrijfster Tanja Scheepman, die ook over alles wel iets te melden heeft, vul ik het eerste uur van de avond, onder leiding van Carl Bots, een jongen met een onduidelijke achtergrond, gespecialiseerd in camp. Zijn gebruinde hoofd is helemaal kaal, op de rug van zijn rechterhand is een klein vogeltje getatoeëerd. Dat vogeltje zingt uitbundig.

'Neem alle tijd,' zei de regieassistente vooraf, een energiek meisje met een breekbare mond.

'Ja,' zei ik. 'Graag zou ik eindelijk eens alle tijd nemen, álle, álle tijd die er is. Die zou ik graag zo lang, zo ontzettend lang bij me willen houden dat iedereen vergeten is wat tijd was of betekende, dat niemand er nog over nadenkt, over tijd, over wat er in tijd allemaal moet gebeuren.'

De regieassistente knikte, alsof het haar helemaal niet stoorde wat ik zojuist zei: 'Maar als iets te lang duurt, geven we je wel een teken.'

'Graag,' zei ik. 'Ik zal goed op dat teken letten. Ik krijg graag een teken als iets te lang duurt.'

'Dan komt alles goed,' zei de regieassistente. Hier wordt vaak gezegd dat alles goed komt, wat ik prettig vind, ook al heb ik het idee dat er heel weinig begint dat goed kan komen, gewoon omdat het niet begint, er is ineens iets. Maar ze zegt het alsof ze het gelooft, de regieassistente: 'Dan komt alles goed.'

Tanja Scheepman somt op waaraan ze zich ergert, ze heeft het over amusement, op televisie, in het theater, 'ja, ook in reclame-uitingen, het lijkt erop dat we iets pas begrijpen als het leuk is'. Carl Bots knikt haar bemoedigend toe, af en toe schatert hij, dat doet hij zeer hard en uitbundig, sommige mensen hebben die manier van lachen nodig, *ik lach hard, dus ik besta*, en als hij lacht slaat hij ook ritmisch op tafel, waardoor dat lachen nog meer wordt dan het al is.

Ik kan me slechts met de grootst mogelijke moeite op Tanja concentreren, haar woorden zijn dingen die langs me heen waaien, af en toe raken ze me even aan en telkens is dat een lastige gewaarwording, hoe klein ook. Ik denk aan een straat waarin een novemberstorm onstuitbaar zijn gang gaat, achtergelaten troep over het asfalt jaagt, oude kranten tegen puien omhoogblaast, soms voel je iets schrijnends in je ogen, maar je weet niet wat het is, er is verder geen mens op straat, er zijn alleen maar de harde, wilde wind en dingen die niets meer met mensen te maken hebben. De gedachte aan die novemberstorm verhindert niet dat ik het steeds warmer krijg. Carl Bots kijkt me vragend aan en knikt. Ik kijk naar de monitor, naar mijn hoofd met daarachter de zonsondergang, een baaierd van oranje en goud en vurig blauw, ik knijp mijn ogen tot spleten waardoor er even één trillende kleur ontstaat, een kleur waaraan ik soms denk, meestal kom ik niet verder dan die kleur, maar nu wel. Ik denk aan de foto waarop ik samen met mijn vader sta, ik ben een jaar of twee, jonger nog, mijn vader is begin dertig. Het is geen foto meer, ik zie wat daar gebeurt.

We zijn bij het huis van zijn ouders, ergens ver weg op het platteland. Waar mijn grootouders zijn en mijn moeder, weet ik niet, maar het is even niet belangrijk. Achter het huis bevindt zich een tuin waarvan een groot gedeelte moestuin is. Mijn grootvader, een rustige, lieve man die van orde houdt, heeft door de tuin een groot pad gemaakt met een stuk of zes smalle zijpaden, zodat de groenten die hij verbouwt makkelijk bereikbaar zijn. Mijn vader zit op zijn hurken aan het einde van het hoofdpad, hij lacht, hij heeft zijn armen gespreid. Ik moet naar hem toe lopen, het liefst zo hard mogelijk, om te laten zien dat ik het goed kan. Achter mijn vader daalt de gloeiende zon in een onbewolkte hemel.

'Ja,' zeg ik. 'Ik weet even niet wat de kwestie is.' Tanja Scheepman buigt het hoofd, beschaamd, geloof ik, Carl Bots heeft geen wenkbrauwen, maar het is net alsof ik toch zie hoe hij die hoog optrekt, het begin van vrolijke irritatie. 'Ik moest aan mijn vader denken. Langgeleden. Hij zit op zijn hurken in de tuin van zijn ouders. Ik ben nog heel klein en ik moet naar hem toe lopen. Hij is trots op me omdat ik dit kan. Hij is blij met me. Hij straalt.'

Ik moet niet meer naar ze kijken, naar Tanja, naar Carl, het moet me allemaal niet kunnen schelen.

'En ik loop naar hem toe, naar mijn vader, die daar zit met gespreide armen. Die armen zijn er voor mij. En ik loop zo hard als ik kan, ik kijk uit dat ik niet struikel, en dan ben ik heel dicht bij mijn vader, ik zie zijn lachende ogen en dan val ik in zijn armen en hij pakt me om mijn middel en tilt me heel hoog op, boven zijn hoofd, zo hoog ben ik nog nooit geweest, het lijkt alsof hij me aan de wereld toont: hier is hij, mijn jongen, hij kan heel goed lopen, nog even en dan kan hij alles.'

Naast de cameraman zie ik nu de regieassistente. Achter haar beschijnt iemand een papier met een zaklamp, daarom kan ik haar onderscheiden, het energieke meisje met de breekbare mond. Ze knikt, ze heeft gezegd dat alles goed komt. Het is aardig als iemand zoiets zegt.

W 11,50 du 9oo t9
13/06/09